黃春明作品集

04

放生

◉黃春明／著

黃春明作品集4

聯合文叢 443

目次

黃春明作品集

總序

聽者有意

黃春明

為自己的小說集寫一篇序文，本來就是一件不怎麼困難的事，也是禮所當然。然而，對我而言，曾經很認真地寫過一些小說，後來寫寫停停，有一段時間，一停就是十多年。現在又要為我的舊小說集，換了出版社另寫一篇序文，這好像已經失去新產品可以打廣告的條件了，寫什麼好呢？

在各種不同的場合，經常有一些看來很陌生，但又很親切的人，一遇見我的時候，親和地沒幾分把握地問：「你是……？」我不好意思地笑笑，他也笑著接著說：「我是看你的小說長大的。」我不知道他們以前有沒有認錯人過，我遇到的人，都是那麼笑容可掬的，有些還找我拍一張照片。我已經七十有五的老人了，看他們稍年輕一些的人，想想自己，如果他們當時看的是〈鑼〉、〈看海的日子〉、〈溺死一隻老貓〉，或是〈莎喲娜啦．再見〉、〈蘋果的滋味〉等等之類，被人歸類為鄉土小說的那一些的話，那已是三、四十年前了，算一算也差不多，我真的是老了。但是又有些不服氣，我還一直在工作，只是在做一些和小說不一樣的工作罷了。這突然讓我想起么兒國峻，他念初中的時候，有一天我不知為什麼事嘆氣，說自己老了。他聽了之後跟我開玩笑地問我說：「老吾老以及人之老」這一句話用閩南語怎麼講。我想了一下，用很標準的閩南讀音唸了一遍。他說不對，他用閩話的語音說了他的意思，他說：「老是老還有人比我更老。」他叫我不要嘆老。現在想起來，這樣的玩笑話，還可以拿來自我安慰一下。可是，我偏偏被罩在「說者無心，聽者有意」這句俗諺的魔咒裡。

當讀者純粹地為了他的支持和鼓勵說：「我是讀你的小說長大的」這句話，因為接受的是我，別人不會知道我的感受。高興那是一定的，但是那種感覺是錐入心裡而變化，特別是在我停筆不寫小說已久的現在，聽到這樣的善意招呼，我除了難堪還是難堪。這在死愛面子的我，就像怕打針的人，針筒還在護士手裡懸在半空，他就哀叫。那樣的話，就變成我的自問；怎麼不寫小說了？江郎才盡？這我不承認，我確實還有上打以上的題材的好小說可以寫。在四十年前就預告過一長篇《龍眼的季節》。每一年朋友，或是家人，當他們吃起龍眼的時候就糗我，更可惡的是國峻，有一次他告訴我，說我的「龍眼的季節」這個題目應該改一改。問他怎麼改。他說改為「等待龍眼的季節」。你說可惡不可惡。另外還有一篇長篇，題目「夕陽卡在那山頭」，這一篇也寫四、五十張稿紙，結果擱在書架上的檔案夾，也有十多年了，國峻又笑我亂取題目。「看！卡住了吧。」要不是他人已經走了，真想打他幾下屁股。

我被譽為老頑童是有原因的，我除喜歡小說，也愛畫圖，還有音樂，這一、二十年來愛死了戲劇，特別把兒童劇的工作，當作使命在搞。為什麼不？我們目前臺灣的兒童素養教材與活動在哪裡？有的話質在哪裡？小孩子的歌曲、戲劇、電影、讀物在哪裡？還有，有的話，有幾個小孩子的家庭付得起欣賞的費用？我一直認為臺灣的未來就在目前的小孩子，因為看不出目前的環境，真正對小孩子成長關心，所以令我焦慮，我雖然只有棉薄之力，也只好全力以赴。這些年來，我在戲劇上，包括改良的歌仔戲和話劇，所留下來的文字，不下五、六十萬字。因而就將小說擱在一旁了。

這次一起出八本集子，舊有的四本小說集和一本散文集子，新出的另外三本是這幾年來，忙中抽空寫的零星幾篇小說，還有以前沒收錄的小說，加上一些散文，其中寫作時間較密集的方塊專欄；它們是《九彎十八拐》、《沒有時刻的月臺》和《大便老師》。

非常感謝那一些看我小說長大的朋友，謝謝聯合文學的同仁，沒有他們逼我，我要出書恐怕遙遙無期。我已被逼回來面對小說創作了。

序

李瑞騰

遠景出版過黃春明四本短篇小說：《鑼》（一九七四年三月）、《莎喲娜啦．再見》（同上）、《小寡婦》（一九七五年二月）、《我愛瑪莉》（一九七九年三月），最後一本裡面的〈蘋果的滋味〉、〈莎喲娜啦．再見〉是舊作，新的作品只有用作書名的〈我愛瑪莉〉，此文發表於一九七七年九月的《中國時報．人間副刊》。所有的這些作品，連同更早期完成的〈「城仔」落車〉、〈小巴哈〉等多篇在一九八五年八月一併收入皇冠版《黃春明小說集》（今改由聯合文學出版）。

《黃春明小說集》計三冊，分別是《青番公的故事》，《鑼》、《莎喲娜啦．再見》，以發表先後爲序，世人所熟知的黃春明小說幾乎都在其中了。這裡面只有〈大餅〉一篇是新作，發表於一九八三年，《文學季刊》第二期。從此以後黃春明的寫作量大不如前，十六年間只得十一篇，而且集中在兩個時間點上，一個是八〇年代後期（一九八六—七），有作品四篇：〈現此時先生〉、〈瞎子阿木〉、〈打蒼蠅〉、〈放生〉，卻發表在《聯合報．聯合副刊》，前三篇被葛浩文收入《瞎子阿木——黃春明選集》（香港，文藝風，一九八八年十月），後一篇入選季季所編《七十六年短篇小說選》（臺北，爾雅，一九七七年七月）。第二個時間點是九〇年代後期（一九九八—九），計有七篇作品：〈九根手指頭的故事〉、〈死去活來〉、〈銀鬚上的春天〉、〈呷鬼的來了〉、〈最後一隻鳳鳥〉、〈售票口〉、〈陶淵明先生，請坐〉，第一篇其實是「一則小說大綱」，可當極短篇小說來讀，發表於一九九八年五月二十一日的《中國時報．人間副刊》；最後一篇在人間連載七天，是配合該刊「當代作家映象」所寫的；〈最後一隻鳳鳥〉是《聯合文學》十五卷六期「當代小說家大展」作品。此外的四篇皆發表在《聯合報．聯合副刊》，〈銀鬚上的春天〉標明是「一九九八年黃春明小說創作系列之二」（之一是〈死去活來〉）、〈呷鬼的來了〉標明是「一九九八年黃春明小說創作系列」，〈售票口〉標明「黃春明小說．老人系列」。黃春明小說在聯副密集刊出的情況，和他二十來歲剛出道時（一九六二—六三年）在聯副連續刊出九篇作品的盛況，前後相互輝映。

此其間黃春明的新聞不斷，包括兒童劇演出、主持鄉土教材的編寫、應邀或主動參加某些座談等，最大的兩件事集中在一九九八年，一件是榮獲財團法人國家文化藝術基金會頒發「文藝獎」，一件是中國作家協會和人民大學在北京合辦「黃春明作品研討會」。

然後便是《放生》小說集在聯合文學出版，這是世紀末臺灣文壇的一件大事。

對於《放生》中的作品，我先後發表過一些淺見，首先是一九九四年五月十四日在民進黨主辦的「黃春明與宜蘭鄉土」座談會上，我以〈豬狗禽獸——黃春明近期小說的動物意象〉爲題，談論了前述八〇年代後期的四篇作品，通過動物與人物的關係，及在情節中的作用，分析黃春明後期的鄉土經驗。其次是在一九九七年五月「第二屆臺灣本土文化國際學術研討會」（臺灣師大人文中心主辦），我發表的論文是〈老者安之——黃春明小說中的老人處境〉，從早期的作品討論到這四篇；一九九九年由中央大學中文系主辦的「臺灣文學中的社會研討會」中，我的論文〈家的變與不變〉討論到早期〈北門街〉和近期〈打蒼蠅〉中的賣家情節；最近的是在北京的「黃春明作品研討會」中，我以〈鄉野的神祕經驗——略談黃春明最近的三個短篇〉，這三個短篇是〈死去活來〉、〈銀鬚上的春天〉、〈呷鬼的來了〉。

黃春明確實關懷老人。就在一九九九年，我曾幾次聽到、看到他激動地談及老人問題。一九九九年初，《鑼》入選臺灣文學經典時他接受蔣慧仙的採訪，提到：老人對於草木飛禽與地方文化非常熟稔，眞是人文的活水源頭，但是老年人卻成了社會轉型下的犧牲者，生時缺乏關懷與福利，甚至死無人知，還遭狗啃。因此他要替老人作見證；八月三十日，人間刊出蔡詩萍對他專訪的記錄稿〈空氣中的哀愁〉，開始便談到他的新作——一系列關於老人的作品，他說：「臺灣社會變遷很快，與我父執輩同一代的老者，往往被留在臺灣某一處的山區或鄉村，終日盼望子女能抽空回來探望，無奈晚輩們總有千萬個無法返家的理由。」同時引出日本《楢山節考》電影中把老人送到山上去自生自滅的習俗，恨憾地說：我們何嘗不也是如此，只不過出走的是年輕人而已，老的全遺棄在家鄉。

臺灣已邁入高齡化社會，農村社會更可怕。黃春明用腳讀地理，走在鄉間小道，深入偏遠地方，他已強烈感到問題的嚴重性，他選擇用小說去記錄並探索內在的複雜性，聯副在刊出〈售票口〉時特別標出「老人系列」，正指明黃春明這一系列作品的質性。

事實上，我們甚至可以這麼說：所謂「老人系列」，從〈現此時先生〉就已開始了。蚊子坑這個封閉的小山村，破舊的三山國王廟、舊農舍、老貓老狗和廟前的老人，他們「沒有一天不聚集在這裡反芻昔日的辛酸，慢慢的細嚼出幾分熬過來的驕傲和嘆息」，接著的〈瞎子阿木〉，主角因女兒秀英出走而生活秩序大亂，〈打蒼蠅〉的林旺欉把地契房契交給兒子去償債，喪失土地以後的老農夫，只能喝酒、打蒼蠅和等郵差送來掛號，〈放生〉的背景比較複雜，涉及惡質的政治力與經濟力對農村的侵蝕，但重點還是在老人〈莊阿尾和金足婆〉對於即將出獄的兒子那種深刻的關愛，以及老夫老妻間特有的微妙情愛，從蚊仔坑到中埔白石崙、內埤與大埤之間，以及大坑罟，一村又一村，老人和環境在明爭，也和時間在暗鬥，莊阿尾夫妻最後是等到兒子回家了，但惡劣的環境沒有改變，兒子會不會再出事呢？秀英會回到瞎了眼的老爸身邊？林旺欉的兒子是再匯錢回來嗎？至於現此時先生，他還沒證實報紙說的眞假，已在路程中躺下去了。

一九九八至一九九九年的作品，〈九根手指頭的故事〉是山裡長大的女孩和老兵的故事，可以發展；〈死去活來〉的場景也在山上，八十九歲的粉娘死去又活過來的故事，對於倫理親情的疏離有所反諷；〈銀鬚上的春天〉和〈呷鬼的來了〉充滿鄉野的神祕經驗，對於老人多所著墨，重點擺在社會面的老者（榮伯、現身的土地公、沈石虎、老廟祝）和孩童、年輕人的關係；〈最後一隻鳳鳥〉以冬山河上游河岸放風箏的熱鬧現場、吳新義吳老仙一家的四代團聚、重陽祭祖帶出上一代的恩怨，以及吳老仙之母、九十三歲的吳黃鳳的悲慘人生；〈售票口〉以老人們爲子女排隊買預售票所發生的諸多狀況，「雖然預售票的窗口七點半才開，這裡的老年人，有哪一個不爲在外鄉的年輕人回鄉省親，一大早四點半鐘就去排隊買票的？」結果是火生仔夫妻還沒出門便被送到醫院急救，老里長旺基魂不守舍，直覺得亡妻在拉他、喊他，用椅頭仔排隊的七仙女大飯店老闆因衝突而猝死。

黃春明寫了許多殘軀病體，現此時先生有嚴重的氣喘性心臟病；阿木是瞎子；林旺欉這個老農成了失去田地的閒人；莊阿尾好像沒什麼大病，就只是感冒咳嗽，金足婆有耳鳴和偏頭痛的老毛病；粉娘不是病，根本就是「老樹敗根」；榮伯老關節疼痛；老廟祝躺在病床一個多月後走了；九十三歲的吳黃鳳已失智，連兒子都認不得了；火生仔和妻子玉葉一個尿失禁、老人久年嗽，一個二、三十年的氣喘病嘎龜。這種肉體上的折磨已經難忍，如果再有精神上的壓力，尤其是失其所親（阿木的女兒離家出走，莊阿尾的兒子入獄，吳新義無法見到母親，見了以後又不認他，老里長旺基喪偶），更是情何以堪？

可堪告慰的是老人的情感世界依然豐富，對於子女、對於相互扶持的配偶，對於鄰里友朋等，有情有義，彷彿是將要消失了的社會。

在九九年的重九之際，黃春明出版了以老人問題爲主訴求的《放生》，用意深遠。當我們聽他說著一些動聽故事的時候，誠願大家一起來思索老幼之間、生死之際的社會人生大課題。

（本文作者爲國立中央大學中文系教授）

自序

我眞不敢去想，我有多久沒出短篇小說集了。有十多多年了吧。如果朋友有這麼多年沒見，一旦在那裡相遇，肯定不會一句「久違了」就了了。兩人雙手一握，一對眼睛關切的互相打量，端詳多年不見的友人，到底增減了些什麼；明明看到老友頭上陌生而灰花花的頭髮，還說老樣子，沒變。另一方也睜眼說瞎話，眼看對方額頭上，由左槓到右還沒畫好的五線譜，嘴巴還說：「簡直是帥哥嘛！」嘴巴的話不能信，只因爲是客套也就不計較，另方面心裡聽起來也都蠻舒服的不是？可是內心的喜悅，流竄到臉部牽動臉上的肌肉，還有雙手不知不覺地握碎了一把時間，握出手汁來的情形，一般來說這是可信的。多年不見的老友重逢，不亦樂乎。

但是回到我身上，我經常會碰到一些陌生讀者對我說：「黃先生，我年輕時候就看你的小說了。」有的還說：「黃先生，我是讀你的小說長大的。」他們用這樣的言語跟我打招呼，同時鼓勵作者。對這些一直鼓勵和支持我的讀者朋友，以時間來衡量，都算是老朋友了。這次聯合文學不嫌棄老朽，還替我出書放生，讓我又跟老友相遇，照理說是可喜的一件事。然而，對我來說，尷尬的成分多到把遇故知的喜悅，淹埋到感覺的底層去了。因為我無法一時把事隔多年才出書的，我認為是有正當的理由，很快地交代明白而感到十分不安。

其實我一開始寫小說，是以玩票性質涉入，可是玩得很入迷。在求學時期功課給當了。到了社會，特別是結婚移居臺北謀生時，有幾次為了趕小說丟工作、換工作，使小小三口的家庭陷入困境。有幾次因為不能按時付一個月六百元的房租，為了避開二房東，大清早五點就出門在臺北市到處亂逛，逛到九點進公司上班。當時常遇到不如意的糟糕事。好在寫小說入迷的人，有一種不可救藥的，幸災樂禍的態度面對自己，安慰自己說：只要不死，體驗很寶貴。我是在這種不是很順利的日子裡，在自己身上認識了那頂頂有名的阿Q；至於認識魯迅先生的阿Q，則是以後很以後的事了。在我寫所謂的鄉土小說的那個年代，從經濟效益的觀點看的話，寫小說和生活絕對是矛盾。可是說也奇怪，那時代的小說，被視為創作也好，成為完整的作品審讀也罷，小說好像具有什麼不能言狀的魔力，吸引寫小說的人，讀小說的人，很多都為之神魂顛倒。以我來講，我的作品在同仁雜誌《文學季刊》發表是沒稿費的。這不但不能怪，我還和當時的同仁一樣，永遠懷著一份很深的感情感激《文學季刊》哪。當時《文學季刊》的主編尉天驄教授，不知怎麼鼓動他那三寸不爛的舌頭，去說服他姑媽尉素秋教授的，或是尉姑媽認爲年輕人辦雜誌是好事，比去吃喝玩樂好。所以給了一點錢，讓我們大家有個青春期的成長園地。從此我們志同道合的朋友：陳映眞、王禎和、七等生、施叔青、劉大任等等，還有指導我們的何欣、姚一葦先生，經常不具形式相聚一起、分析大家的作品，鼓勵大家。我眞不敢想像，如果沒有《文學季刊》那些前輩和朋友，黃春明現在在做什麼？以我的想像，我一定變成一個令我自己看不起的人吧。在那窮苦的日子寫稿，收到讀者鼓勵的信，和報章雜誌上時常讀到對我作品的評介時，是我最愉快的事。它們常常像及時雨，每當我被生活逼得喘不過氣，怪起小說來的時候，文評和讀者的信就出現。就這樣我和小說一直保持著藕斷絲連的關係到今天。

最近又開始寫起小說了。那動力當然是來自不少讀者的鼓勵，還有十多年來，又積累了未曾有過的臺灣經驗，附帶地跟自己的未來打算也有關係，應該說是一種個人的生涯規劃。年輕時沒聽過這個名詞，獲得這個知識時，生涯已經過了大半。對剩下來的時間，可謂老年規劃吧。眼看目前臺灣社會、家庭結構的改變，三代同堂的家庭不復存在了。再也不敢寄望子女安養我們的晚年。這並不是對自己子女的孝道有疑問，因爲凡是結構性的問題，不是個人所能夠改變。反正寫小說是不怕孤獨的，除非患了老人癡呆症，或者原子筆和稿紙都拿不動，那也是時辰已到了。

這次收錄在《放生》集子裡面的作品，每一篇都是以老年人爲主角。老人的問題是目前臺灣社會問題裡面，最具人文矛盾的問題。今天有多少老年人，分別紛紛被留在漁農村落的鄉間，構成偏遠地方高齡社區的社會生態。他們縱然子孫繁多而不能相聚一堂，過著孤苦的日子。在富裕的物質社會裡，都還曾經有過美好的憧憬，但他們萬萬沒想到，結果只是讓他們空歡喜過一場。過去，他們再怎麼窮困的日子，他們都盡了養育子女，安養高堂的責任。那知道輪到他們登上高堂的地位時，子女還有孫子都不在身旁。醒著的時候，不是看電視，就是到廟裡閒聊。問他們現在做什麼事？他們會無奈地笑著說：

「呷飽閒閒，來廟裡講古下棋，等死。」

能這樣調侃自己的還算好，有的死了多天，屍體發臭才被發覺。也有些特例，死後被家狗吃了。老年人不幸的遭遇，每天都可以從電視新聞和報紙上看到。看了這些消息，不由得讓我想起七〇年代的一部日本電影《楢山節考》。它的內容是描寫一個窮困的山村，爲了他們族群的延續生存，把上了年紀只能吃不能生產的老人，送上楢山任他們自生自滅。久而久之，這也成了當地小山村的風俗習慣。看看我們目前的臺灣社會，我們在經濟上創造了奇蹟，而產生奇蹟的這一代的老年人，卻遇到了前所未有的處境，在鄉下憂憂悶悶，默默地迎送每天的落日。這和《楢山節考》裡面的老人有何不同？所不同的是，前者把老人送上楢山，後者是把老人留在鄉下。但是本質上，前者所付出的代價是爲了族群的生存。我們後者所付出的代價，竟然是爲了追求物質的豐收。一個逼不得已，一個在所不惜。想一想，在某方面來看，臺灣有今天的成就，絕對和這些老年人年輕時所流的血汗，打下堅硬的基礎有關。今天我們社會不懂得謝恩，還「劈柴連柴砧也劈」。過去人際關係的生活教育裡面，把恩看得和山一樣重大，所以說恩重如山。從小就用故事教育小孩，說有老人在雪地裡救了動物，後來動物還回來報恩。諸如此類的故事，各地方都有各種不同的版本，意思是暗示小孩，連動物都懂得報恩，何況是人。所有美好的結果，都有前因，所以要把因放在心上。「恩」字就這樣代表人際關係美好的符號了。

大概我也開始老了，為了目前在臺灣社會裡面的老人抱屈，還振振有詞地八股一番。其實到了我老的時候，同樣遭遇到我父執輩這一代老人的命運時，我認為我活該。因為前一代的犧牲，國家、社會理該記取教訓，及時要有有關老人的政策和福利的設立。至於接下來的老人如我，也得為自己做心理上的準備，還要做好自己晚年的生涯規劃。

小說在文學裡面也是多元的文類，它可以放在藝術的範疇裡面去欣賞，放在社會裡面去看時代，放在文化裡面去看人的價值，它可以放在等等等裡面、或者統統涵蓋。《放生》這本集子，它多少也糅雜了多元性的東西在裡面。可是，我想清楚地表示，我要為這一代被留在鄉間的老年人做見證。雖然他們沒有一個是豐乳肥臀，我找了一部分老人，替他們拍了這一本寫眞集。想一想，那樣的身材，那樣的姿態，是可悲？或是可笑？個中滋味在各自心頭。謝謝讀者多年的鼓勵，《放生》就做為我們多年不見的見面禮吧。

一九九九・九・九　芝山岩

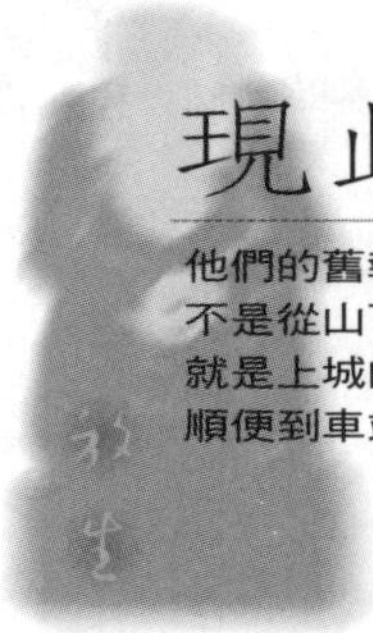

現此時先生

他們的舊報紙的來源，
不是從山下雜貨舖子包東西回來的，
就是上城的人，
順便到車站撿回來的。

8-6-99

蚊仔坑的三山國王廟並不大，更談不上堂皇，倒是和小山村相配。廟早已經破舊了，這也跟留在村子裡的舊農舍、老貓老狗和老年人，都顯得很相配。整個村子，一年到頭都籠罩在慘澹而和諧的空氣中，始終不失那一份悠然自得的神情。

三山國王廟算是小山村的文化中心。溽暑的夏天，就在廟庭的榕蔭下，酷寒的冬天，就在廟內的廂房，沒有一天，小孩子們不來這裡蠶食未來的時光，一口一口地濺出歡笑和哭聲。老人家來得更勤，沒有一天，不聚集在這裡反芻昔日的辛酸，慢慢的細嚼出幾分熬過來的驕傲和嘆息。

上廟來的小石階，和午後三點左右的秋陽，從背後打過來的角度，正好把冒出石階的一頭銀髮，化成一道閃光，射向聚集在一塊的老人堆裡。

「現此時來了。」

面向石階的老人，抬起頭淡淡地說。

其他人轉頭的，回頭的，都往石階那一邊望一望，又淡淡地恢復他們的原狀。占了現此時的位置的人，稍移動一下身子，板凳上就多空出一個座位來。

「中午多貪了一杯就睡過頭了。」一邊說一邊用手裡拿著的報紙，揮拂一下板凳。

「福氣啊，能睡。像我，每天晚上躺下去，兩蕊目睭像門環金䯏䯏，到了半暝三更，連螞蟻放個屁都聽見。」

「我還不是一樣。怪的是，坐在椅子上並不想睡，不一時久卻啄龜，啄啊啄啊，啄到跌落椅腳……。」

「一樣一樣，不用講，都老了！」

「……」

十三個老人，你一句，我一句，有關老化現象的經驗，每個人都表示頗有同感。

「好！有沒有人帶報紙？」現此時把攤在腿上的舊報紙，用雙手向外側輕輕抹平。「到外頭多少帶一點回來。這一份是金毛的孫子給我的那一批，這是最後的一張了。」

省內有幾家發行上百萬份的報紙，卻不曾派報到這個小山村，好在這些老年人不愛計較慣了，報紙的日期算不了什麼。他們的舊報紙的來源，不是從山下雜貨舖子包東西回來的，就是上城的人，順便到車站撿回來的。

多少年來，三山國王廟的老人，除了和其他鄉下的老人一樣，大家喜歡聚在一起，古今中外，天南地北地閒聊之外，他們多了別地方少有的日課節目，那就是現此時唸報紙給大家聽。實際上並沒有人要求他，強迫他，也沒有人利誘他叫他這麼做。只是在他中年患了嚴重的氣喘性心臟病，有了充分的休息時間後，為了排遣無聊，唸唸報紙給當時父執輩的老年人聽。那知道，這麼一唸，一直唸到今天，自己也有七十五、六歲了，還唸給村子裡僅有的這些老友聽，只是人數大不如前了。經過這麼長久的時間，久而久之，就變得唸的人不唸給人家聽也不舒服，聽的人不聽人家唸也不對勁的這種內部濃厚，外表平淡的關係了。就因為如此現此時這個名字，也扎扎實實地活在小山村這個社會了，至於他的本名已不重要，也沒有人會有興趣，恐怕知道的人不多，也不會有人想知道。因為現此時的由來，與他頭一次唸報紙給人家聽的那一天就開始取代了他的本名。

當時，雖然他在日據時代的小學當過小使，是村子裡唯一認識一些字的人，但是開始時為了要緩和心裡的緊張，以現此時當著唸報紙的開場，接著以後，幾乎沒有一次是例外的，第一句就是「現此時啊」，沒有講「現此時」就沒辦法接下去唸，甚至於每一小則，每一段落的開頭，也是「現此時啊」地才能接。並且在唸報的過程中，把國語的文字譯成閩南話，是一件不是很容易的事，常常會卡在腦子裡，但是他嘴巴卻不想停，所以在腦子裡還沒把話翻過來或是找出出路之前，嘴巴就不停的說著「現此時——，現此時——，現此時啊……」，像是唱片跳針，一直要等到把話翻出來。有時字看不清楚，或是遇到不懂的字，也一樣會發生跳針的現象。可見現此時取代了他的本名，這完全是同樣是名字，在同一個人的身上，所表現的生命力的不同，而見存亡。

「現此時，棉被松的兒子邀福州仔的兒子斬雞頭發誓，現在怎麼樣了？」

「你們又沒有新的報紙給我，我怎麼會知道。」現此時把才戴上去的老花眼鏡摘下來望著大家說。

「後來聽說斬了，在城隍廟斬了。」

「又沒怎麼樣。選舉過了那麼久了，……」

「說真的，什麼誓都可以發，雞頭可不能亂斬啊！」年紀最大的阿草，深怕土龍忽視斬雞頭的嚴重性，他強調著說：「我就看過。我那時還小，下庄有個媳婦想毒死婆婆，證據被捉到了，還是死不肯認。婆婆當天跪地頭髮打散，燒香責告天地邀媳婦斬雞頭。媳婦硬到底，雞頭落地，第二天就死了。屍體的兩隻眼珠子不見了，是被雞啄的，臉上和全身的傷痕，全是雞爪抓的，更奇怪的是，眼窩和爪痕，才隔天就長滿了屍蛆蠕動。」

雖然天上還可以見到太陽，在舊廟和濃濃的榕蔭的包圍之下，適時吹來的陣風，一時帶著一股陰氣掠過，有幾個關節有毛病的，卻同時覺得一陣痠痲。屏息間，金毛囁嚅一下問：

「阿草，雞頭斬掉以後，雞拿到那裡去了？」

「愛人罵，……」

大家的哄笑聲，大嗓子坤山回金毛的下半句話，就沒人聽清楚。榕蔭外的太陽的輻射，又開始溫暖老人，他們的身體，他們的舌頭又化軟，話也滑溜。

「不過現在斬雞頭確實不應驗了。所以那些候選人，才敢動不動邀人斬雞。要是我，我也敢！」

「你們知道為什麼現此時斬雞頭不應驗嗎？」現此時把報紙捲成筒狀，拿在手裡當指揮棒似的問。

「你知道？」

現此時定著詹阿發看：「你想考我？我現此時當假的！」他心裡有一股禁不住的喜悅；昨晚苦苦想了一個晚上，發現了為什麼現在斬雞頭不應驗的道理，方才一路往廟裡來的路上，就急著想逮住機會發表。現在機會來了。「以我思想起來，現此時斬雞頭無應效的原因，就是斬來斬去，怎麼斬，斬的統統都是美國生蛋雞、飼料雞。現此時你們誰敢斬土雞看看，」他想一口氣說完，但氣喘中氣顯然不足，剩下的一句也得停下來喘幾口氣，才慢慢的，「現、現，現此時，那、那就有戲看了。」他用右手用力的壓著左胸，裡頭心臟不怎麼尋常的撞動，叫他提醒自己，不能過分激動。

「嗯，有點道理。」

「那，那，……」金毛憋不住心裡的話，才開口，坐在旁邊的坤山岔開他的話。

「你又要問那些雞是不是？」

「是啊——！那……」

金毛的話又引來大家的大笑給衝了。老人家笑得有的流淚，有的忙著舉手拂去嘴角淌不住的口水。

唯一沒笑的是金毛。他覺得十分冤枉，問問雞哪裡去，為什麼有這麼好笑？他絕對沒有想吃雞肉的意思。只是一直想不通，那些人斬雞頭之後，把斬完了的雞拿到哪裡去了。因為說到斬雞，他可以想像到雞被按在地上，但是一斬了之後，雞哪裡去了？誰拿去？吃了？丟了？丟到哪裡？這一連串的疑問，一開始就叫過去窮怕了的他，執拗在那裡轉不過來。

「金毛我問你，現此時你是多久沒吃過雞肉？我現此時真正把『雞』放在你的面前，看你還行嗎？」現此時把後頭的「雞」字，用國語說。

這一夥老友，在短短幾分鐘之內大笑三次，笑得有點累，心裡卻覺得很有收穫似的愉快。

「金毛，你做個好心，讓現此時講完再問好嗎？」

本來金毛只懊惱無語，經阿發這麼一叮嚀，一股冤氣又升到喉頭，他才開口，聲音還沒發，阿發搶先開口了。

「擋！擋！擋下！」他看金毛嘴合攏了，就對現此時說：「現此時輪到你。」

「現此時啊！剛才說到哪裡了？」

「斬美國生蛋雞，……」

「對！現此時你們想想看，雞頭一被斬斷，雞鬼一下子就闖入枉死城告狀，地藏王聽不懂阿啄仔美國雞在說什麼，地藏王問美國雞，美國雞也聽不懂，當然就得不到地藏王的討命符。所以斬美國雞仔無應效。這是一說。」他眼望著金毛，怕他又開口引爆出大家的笑聲，而打斷了他的演說。他大聲而急著說：「我還有一說，現此時美國雞仔都是生蛋的白雞，斬雞發誓的雞是要公的才行啊，公雞變鬼，討起命來才凶惡，現此時母雞？」

對於這個論點，現此時看到大多數的人都露出懷疑的眼神時，他重新大聲一點地說：

「報紙說的，報紙。……」當他又覺得心跳踉蹌時，自然的就把右手放在左胸上用點力。從他長久唸報紙給老人家聽的經驗，只要說是報紙說的，他們就無條件的相信，所以他也常常把自己的看法，夾報紙說的權威來建立他的地位。這一點，最明顯的地方是，他愛發表意見，愛批評，感覺上他是最講道理。爭論間，也最愛提醒別人要講道理。

「話要說得有道理。現此時我再舉一個例子。我家文龍的老大，他要轉大人，我媳婦用公雞燉九層塔，結果吃了兩隻公雞，一根毛都沒長出來。後來才發現，吃飼料的公雞沒作用，就改燉土雞的公雞。呵！現此時才吃完一隻，聲音馬上裂叉，變成小大人。現此時啊，這不是很好的證明，斬雞頭不斬土雞仔怎麼會應驗？」

現此時從他的生活經驗，和他認識的知識、民俗信仰，用常識上的邏輯把它組織起來，再加上出自於他常說報紙說的口，說出來之後，不管是什麼，在三山國王廟的圈子裡的人聽來，確實有個道理的模樣。

「嘿！這麼說來，斬雞頭發誓還是會應驗。」

「最好還是不要試。」

旁人這樣的話，無非都是在服應現此時的話。這種氣氛對現此時而言，是很舒服的一種滿足。金毛趁大家不備，把忍了幾次的話，說了出來。

「真的沒人知道？」他的意思還是離不開斬過的雞，拿到哪裡去。

這下連現此時也笑了，因為他要講的話講完了。

「這個金毛也真是的！現此時看誰知道那沒頭雞拿到哪裡去的，快告訴他。不然，我看他現此時心也不會甘願。」

金毛並沒領會到話中有話，他反而覺得現此時終於替他說出他的心聲了：

「對對對，就是這麼意思嘛！」金毛的那種舒暢的樣子，好像一直憋得快閃出來的一泡尿，終於找到地方放出來了。

金毛的緊張一解除，大夥似乎顯得更融洽。這時候現此時的個性，很自然的有個慾望，要他拿起報紙來唸，而成為大家的中心。剛才捲成筒形的報紙重新攤開抹平，然後戴起圓鏡片的老花眼鏡，乾咳了幾聲：

「現此時啊！」發現還有人沒注意，他又咳了一下，「現此時啊，」看到大家都聽他之後，他低下頭唸起來了。「現此時，福谷村黃姓村民，就是說福谷村那個所在，有一個姓黃的人，其所飼養的母牛，日昨生下一頭狀似小象的小牛。知道嗎？唷！現此時，這位姓黃的人，他所飼的牛母，昨天生一隻牛仔子，不像牛，像一隻小隻象。大家不要說話，下面還有。現此時小牛經過飼主小心照料，可惜隔日即告死亡。……」

這一則原來只佔邊角補白的小消息，引起這些老人家莫大的興趣。

「福谷村？」

「福谷村不就是我們蚊仔坑嗎？」

「對啊！蚊仔坑就是福谷村嘛！」

「還會有別地方也叫福谷村不成？」

「是！是我們這裡沒錯。現此時我差點就忘了，剛才明明大家都沒注意到。」

他們做夢也沒想到，這麼偏僻的地方也會上報。這對他們來說，是小消息，大事件哩。他們受寵若驚地叫他們難以置信。

「蚊仔坑？」最年長的阿草說：「蚊仔坑？別的地方我不知道，要是蚊仔坑，不要說我，我們這裡面有誰不知道。那是什麼時候的新聞？」

現此時也愣了，如果說是福谷村的事，他跟大家一樣十分清楚的啊。印象中絕沒有這樣的事情發生過，但是他一向代表報紙說慣了，他也對自己的認識有點懷疑。他看報紙的日期說：

「十月二十一日。」

「今天是幾號了？」

沒有人一下子能說出幾號來。

「今天農曆是初三，那麼，那麼？……」

「好像是不久的事，雙十節才過了不久嘛。」

「管他多久，管他今天是幾號。」坤山說：「我一步都沒離開過蚊仔坑，假如蚊仔坑有這樣的事，我不可能不知道。再說，其他人也不知道。這不就奇怪嗎？」

現此時望到那裡，那裡就有一雙疑惑的眼睛望著他。

「慢著，蚊仔坑最大姓的是廟口姓詹仔底，再來就是埤仔口姓張的，苦楝腳的姓林仔。剩下來坑頂的住家，沒有一戶是姓黃的。」阿草瞪著現此時看。「母牛，誰不知道全村子只剩下三頭母牛，兩頭在我們姓詹仔底，還有一頭是在坑頂。還有哪裡有母牛的？」

現此時也知道，但是大家帶著懷疑的眼神逼視他時，本想跳出來表示同樣的懷疑的他，卻又退回報紙的一邊拿不定主張。自從他二、三十年來唸報紙給人家聽，只有增加他在這小山村的社會地位和聲望，向來就沒碰過這麼尷尬的情形，另方面他錯估了大家的反應，以為大家已站在對決的一方，而使他緊張了起來，心跳也加速，呼吸間的不順暢，隱約令他意識到氣喘要發作。他的右手更用力地抓著左胸的衣服。

「騙瘋子！蚊仔坑的母牛生小象？」金毛的話像迸出來。這一次大家沒笑了，認為金毛的話，就是他們的話。

現此時看是金毛，覺得不該讓像金毛這種沒什麼知識的人喊喝他。所以他用力地彈一下報紙，大聲叫嚷著說：

「報紙說的啦！你們不信?!」

不知道是現此時的聲音大，或是重新意識到是「報紙說」的，大家原來採取攻勢的懷疑態度，一下子又畏縮到無聲無息的疑惑的神情。

片刻的靜止間，只有那一張被彈裂的報紙，有一半隨著現此時垂下來的左手，垂到地上隨風翻了一下。

在場的人都注意到現此時的氣喘有點發作了。有關這一則小消息的爭論，大家本來就想如此收場作罷。但是，現此時有所堅持。

「列位，現此時啊，趁太陽還沒下山，我們一起到坑頂去看看，到底母牛生了小象沒有？」

大家並沒表示什麼。

「現此時啊，既然報紙這麼說，我們就上去看看嘛。」現此時看著大家，露出疲憊的笑容：「報紙說的嘛！」

太陽將要從坑頂的那一邊往下墜，由現此時帶隊的老年人，從這一邊沿著相思林的小徑往坑頂爬。

太陽越墜越大，老年人已散落不成群。

太陽越低越紅，現此時落在最後頭，抱著一棵相思樹喘息。金毛停下來關心地俯視他，想說什麼，卻說不出話來。現此時的身體抽了一下，金毛焦急地跑近他的同時，他鬆抱而慢慢的滑倒在地上。現此時最後一眼的印象，覺得金毛的身影竟是那麼地巨大。

大嗓門的坤山最先爬上坑頂。他望一下已失去大部分光芒的落日，回頭向下面叫嚷：

「到了——。」

下面從不開玩笑的金毛的回音：

「現此時死了——。」

一片很清楚的幽靜。

「現此時死了——。」

原載一九八六年三月四日《聯合報·聯合副刊》

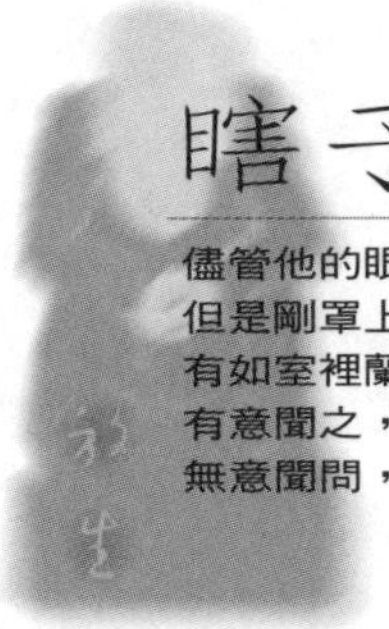

瞎子阿木

儘管他的眼球翻來翻去地集中注意力，
但是剛罩上來的幻聽，
有如室裡蘭花的香味；
有意聞之，無味無素，
無意聞問，卻香味撲鼻。

沒有風，空氣凍得令人覺得易碎。

「唷！猴養，這麼冷還騎車子上鴨寮啊。」

遠處的一聲咳嗽，教瞎子阿木的招呼聲，帶有一點高亢。他除了要讓四、五十尺外的猴養聽見之外，同時，更因為對方是他一大早所遇到的頭一個人，自然就感到莫名的愉快起來。他掖起雨傘骨的拐杖，抬起臉龐站在路旁，露出笑容等猴養經過身邊。

「你娘的！說你是睛瞑，鬼才相信！」猴養心裡有幾分不快。他心裡想：媽媽的，我都還沒有看清楚他，他卻先知道我是誰，還知道我騎車子要上鴨寮賭四色牌。猴養心裡實在是服了他，但等到車子一騎近，禁不住為一個瞎子的靈精，改口以臭罵替代了讚歎。

瞎子阿木仰著臉望著猴養，隨他的移動而移動，笑納對方的罵話。那知道，那凝聚注意力支撐開的、又大又突出而翻白黏濕的雙眼，移轉到某一個角度，映著微弱的天光的模樣，竟叫彼此熟得不能再熟的猴養，不意地給嚇了一跳。這也是猴養不愉快得想再罵他一句的原因。

然而，對於猴養之所以如此冒失，他似乎都可以諒解。他把對方的罵話翻過來，取了人家藏在心底裡對他原有的讚美。所以瞎子阿木笑了。他站在原來的地方，雖然無法目送，但望著猴養的背影的方向，一點也不偏差。他一直等到猴養的車子滑下坡之後，才放下拐杖輕輕地點著路面，向庄尾走去。

才走到剛才猴養咳嗽的地方，另一部腳踏車，向他這一邊騎過來了。他停下來注意動靜。迎面來的車子，騎得很急而吃力，車上的人並沒趕上自己的喘氣聲。瞎子阿木聽來者的幾口喘氣聲和車鍊的滑齒，馬上又由心底裡笑起來了。

「清池仔，猴養才下坡，……」話沒完就被斬了。

「誰找猴養？我要去找秀英啦！怎樣？」清池很不高興地說。因為去鴨寮賭博的事，總是不希望別人知道的吧。

這一次，阿木不但笑不出來，連剛剛擁有過的愉快，一絲都不見了。他準確地面向著清池的背後，整個人都呆掉了。

一陣暈眩，心底裡浮現急切呼喚秀英的聲音。

「你們這些有眼睛的人都沒見到我家的秀英？」阿木最後抑制塞喉，一個字一個字地吐出來問村長。

「木仔伯，我已經叫人去打聽了，……」

「那麼久了，還打聽？」

「秀英又不是小孩，怎麼會丟？」村長的話，是話中有話的。

瞎子阿木朝著電燈翻了翻那一雙又大又突出的白眼，翻來翻去還是白眼睛。事情雖然已經有一個多禮拜了，想起來，裡面的淚水還是那麼有力的，把白眼球推了幾下，接著一骨碌就滑到嘴角。

旁邊的人都沒說話。村長拿出香菸碰他的手，他把香菸接過去。村子裡的人都知道阿木是不讓人點菸的；早前被人惡作劇，用爆竹嚇了他之後，一直就堅持自己來。他掏出火柴，用拇指和食指拿著火柴棒劃火。火著了，他伸出同一隻手的中指，去探火焰的位置，然後才把拿在左手的菸湊到嘴唇，同時把火移近。那根探火的中指，指頭端的內側，早就燒焦成一個繭，村子裡好奇的小孩，時常拿它把玩。

阿木深深的吸了一口菸，長長的吐出一團煙霧。他說：

「要是丟掉了也是命，死掉了也是命，不過、不過，……」只是他對現實的答案，感到心有不甘。不過事到如今，他不能不承認現實，另方面還想騙騙自己，以為同樣的問題問多了，可能會出現另一種讓心裡好過一點的答案。他換一種口吻，給在場的人一種提示，希望事情由別人再來告訴他，或是聽到有旁人替他責備測量隊。「測量隊的人統統走了？」

「上禮拜都走了。」村長看看旁邊的人說。

「事情就是那麼湊巧，那麼奇怪！他們走了，我的乖女兒也丟了。」

「睛瞑木仔，不是我愛講你。」村長的老爸爸插嘴說：「我沒長你歲，也大你輩，所以我才敢講你。我們庄子裡哪裡還可以找到像秀英這麼認分的查某囝子？是你不知命好。有什麼天大地大的事，那幾個晚上晚回來，你就用拐杖頭把她打成那個樣子。你是不是忘了秀英幾歲了？你不知道，我告訴你好了。三十多了。早就該讓她嫁，不然就給她招個女婿。你曾替她打算過嗎？」

「阿爸，好了，不要說了。」村長說。

「對，對，再講，榮坤兄，你再講。」阿木反而沒有先前的激動。他極力地懇求著說：「村長，你們碰到秀英儘管告訴她，說我希望她回來，我讓她打回去。真的，我是說真的。我這話是對大家說的，我，我要讓她好好打回去。只要她能回來，……」

瞎子阿木仍然面對下坡路的方向，站在那裡發呆。

「瞎眼木仔，這麼冷你一個人站在這裡？」

這一次祥雷伯牽牛去到他身邊，他都沒察覺到。祥雷伯叫他，他才驚慌地回答：

「啊！是啊。你這麼早。」

「這麼冷，快回去穿一件冬天的外衣吧。」祥雷看阿木外面只罩一件破舊的軍便服，所以才特別強調「冬天的外衣」。

「是啊是啊。」一想到冬天的衣服，就好像人家又提到秀英一樣，心又酸起來。要是秀英在的話，這哪裡是問題。只是今年夏天，房子燒光，東西也都沒了。秀英先發落人把房子搭起來，其他東西慢慢補充，生活上也已經感到沒什麼不便。哪知道，冬天才到，秀英就跟人跑了。那幾天她還說要帶他到城裡買幾件衣服哪。

由別人說冷，同時再想到秀英，這時才感到一股冷勁，從背脊散開。他抖一抖顫，想著自己到底穿了幾件。「一件背心，兩張報紙，兩件丸領汗衫，一件襯衫，一件軍便服，哇！七層。不，又不是穿壽衣，七層怎麼可以。報紙算一層，總共六層才對。」他突然又輕鬆起來。回頭仔細一聽，牛的呼氣聲還在不遠的地方。他又高亢地叫起來：

「雷公——，夏天的衣服多穿幾件不就是冬天的衣服了。對不對？」停了一下，「雷公——。」

祥雷沒有回答。瞎子阿木自個兒覺得雷公笑了。

瞎子阿木像發現了什麼道理，心裡好不快樂，探路的拐杖，在路面有輕有重地點打出一連串輕鬆的節奏。

當他來到庄尾，太陽還沒露臉，莊稼人都起來了。瞎子阿木沿途都有人跟他打招呼，他也忙著回人家的話；年紀稍大，或是跟他同輩上下的人，他毫不猶豫地即可直呼對方的名字，年輕的因為不是頂庄的人，就比較困難。

「晴瞑木仔，你好早啊！」

「是啊，你今天出什麼菜？」阿木問。

「蔥和蒜。要不要帶一把回去?」

「謝謝，我還不回去。怎麼樣，價錢好嗎?」

「敗價啊!」進財拖著車，一邊說一邊上坡。「要菜到家裡自己拿吧。」

「有沒有人幫你推?」阿木站在路旁說。

「有啊。」進財低頭拉車說:「今天禮拜天，有兩個小孫子幫忙。」

進財的菜車已在後頭了。阿木還覺得話沒說完。

「你的孫子這麼乖啊!」

兩個在後頭推車的小學生，互相看了看，愉快地笑了笑，然後比剛才更用力地、把爺爺的菜車推上坡。

前面又來了，阿木想起步又停下來。

「木仔伯，去哪裡?」輝雄騎著腳踏車，前後裝載蘿蔔衝上坡來。

「是啊，進財的兩個孫子那麼乖，還會替他阿公推車。」停頓了一下，轉個口氣。

「唷!這一段上坡路陡得很。你，你是?」

「唉!」向阿木打招呼的青年，遠遠地衝上來，到阿木不遠的地方失去衝力時，他趕緊跳下車，把即將傾倒的車子抓穩了之後說:「得根是我阿公，我是他的屘仔孫輝雄。」

「呵，得根命好啊!屘仔孫有這麼大了。」

「我阿公閒著在家，有空找他坐坐。」

「會的會的。」阿木說：「你載什麼東西，好像很重。要不要我來幫你推？」

「不用不用。」他有點受不起而緊張，一邊用力推車子一邊說：「我要走了。這麼早又這麼冷，你應該多睡一點啊。」

瞎子阿木一聽到對方提到冷字，心裡有一股早了一點的得意升起。他想可以把剛才連雷公也服了他的那一個道理「夏天的衣服多穿幾件不就是冬天的衣服」這句話說出來，突然又覺得似乎有點牛頭對不上馬嘴。他把話吞回去，而那一份得意也消失了。但是，他又覺得話沒完。聽到輝雄還在後頭上坡，心裡更急。經這麼一急，靈感來了。他回頭高亢地叫：

「嗯？」他忘了青年的名字，馬上改口。「得根的孫子。冷？出來走動走動總比穿十件衣服好吧！」

做為互相的對答，這句話的時間，隔得連不上。在輝雄聽來，好像偶然在路上撿到一句類似格言的話。他想停下來弄個清楚，但載重的車上坡時停不得，他只好繼續低著頭，把蘿蔔推上坡了。

整個白石崙的庄頭庄尾的人，儘量在瞎子阿木的面前，不提秀英的事。村子裡這種不約的義理，在短短的兩個多月的時間裡，很快地讓瞎子阿木開朗了不少。可是，這一天，從剛才清池的忤逆，到現在沿途遇到的，人家勤奮的子女，自然地又想起秀英。

「秀英，你很打拚我知道，人家說你很美，這我就不知道了。真的嗎？」

「你管人家黑白講。」

「我想真的吧。不然為什麼好多人會這樣告訴我？」

秀英沒回話。

「我要是能看到你，不知有多好。」

這話講完沒幾天，秀英就沒回來了。

這次想到秀英，竟沒有怨恨，只有深深的惦念。同時，常隨秀英一併來到心頭的那一股悲傷，淡得幾乎不見了。心裡才有這一點發現，一下子又為剛剛回輝雄說：「冷？出來走動走動總比穿十件衣服好吧！」的這一句話興奮起來。

瞎子阿木一邊走，一邊牢牢抓住心裡的那一份愉快，嚴苛自責自己無情。不然為什麼想到秀英，我已經不會像前些日子那樣痛苦？他這麼想著。嘴巴也嘀嘀咕咕地唸給自己聽：「我為什麼是這款？秀英才跑了，我還樂。我樂什麼呢？」話才說完，心裡還是莫名的樂著，臉上也對這一顆悲不起來的心，而莫可奈何地笑著。

對黑嘴這一隻老狗，瞎子阿木也是牠所熟習的人，平時連陌生人都懶得開口叫幾聲，一見到阿木踏入九如的曬穀場，沒一次不叫。

「黑嘴呀！睛瞑木仔欠你是嘛。走開！」

「你不要叫牠走開，讓牠過來吃我的拐杖頭看看。」

黑嘴聽久婆的話，只多叫了一聲不像叫的一聲，就原地趴在門檻邊，一整夜伏在那地面的溫暖，又溫暖了牠的腹部，還有都聚集在那裡的蝨子。

「我才準備叫阿全給你提去咧。」久婆說：「進來吧，外面那麼冷。」

「下次。時候好像不早了。」阿木站在簷外說。

久婆一手提著火籠，一手扶牆，用尖細而開叉的、類似兩張金屬薄片互相干擾的聲音說：

「對，照秀英的八字，寅時比較好。可惜你沒找到她的衣服，不過梳子也沒關係。等一下回到家，你把水碗留在門外，拿著梳子叫三聲『秀英回來』，然後把梳子放到她的床上。三天後就可以拿開。這樣知道？」

「這樣就好了？」

「就是這樣。等一下。」久婆朝屋子裡叫：「阿全，你準備好了沒有？木仔伯在等你啦。」

「這麼早你叫他。我自己拿就行了。」

「他很早就起來看書。沒關係我這個祖母還叫得動他。那水碗沒他拿不方便。」

「走！」阿全勤快地跑出來，把地上用塑膠帶編的菜籃子提起來。那裡面放一碗白飯，上面插一仙紙人，還有兩碗簡單的菜碗，梳子另放一邊。

「你要記得叫她三聲啊！」那金屬片的聲音，從後面趕過他們兩人。出了庄尾、上了落車坡，瞎子阿木一下子覺得額頭像一扇天窗打開了。他馬上直覺到太陽昇起。他不慌不忙地停下，把雨傘骨掖在左邊的腋下，朝著才離開地面的旭日，雙手合十默默挺立片刻。

無意回過頭的阿全，看到映著紅光的瞎子阿木，那瞬間所感受到的氣氛，令他被感動得愣了。要不是等到阿木走到他身邊，恐怕還不知道要走。

「木仔伯。」阿全小聲的問：「有人拜太陽嗎？」

「我不知道。不過我不是拜日頭，我是拜光——。」他把光字強調了一下。「你知道？我從小就看不見，」本來想說清楚，但一下子又想到別的說：「籃子你提著嗎？」

「在這裡。」阿全對拜光感到好奇，但是並不是為了怕什麼而不敢多問。只是一種莫名而隱約的感動，擺布了他們；尤其是阿全，他默默地浸沐在這樣的氛圍裡。

「阿全。」他直覺到阿全的異樣。阿全似乎沒聽見。

「阿全！」

「木仔伯，我在旁邊。」
「我知道你在旁邊。我問你。你知道測量的人要不要念很高？」
「要啊！像這次來我們中埔做土地重劃的，有好幾個都是大學畢業再去考的。像戴組長他們都是工程師。其他的人……」
瞎子阿木等不及的又問：
「你現在幾年級？」
「高中三年了。」
「你要不要學測量？」
「我哪有辦法，那是工科，分數要四百分以上才會考上。」
「四百分?!」阿木根本不知四百分在聯考的水平是多高，他聽阿全的口氣，那好像很困難的一個數字，所以他把說出四百分的聲調往上提高是正確的。
瞎子阿木突然對測量隊有了好感。隨即他馬上聽到有人問他：「你家秀英哪裡去了？」
「噢！秀英跟測量隊走了。去參加測量隊。」他帶著喜悅微笑著說。
阿全聽到阿木貿然地說出秀英的事，感到十分驚奇。他再注視瞎子阿木。瞎子阿木的兩隻又大又突出的白眼球，忙著翻來覆去。他想，今天早上所看到的，以後還要告訴班上的女同學。

「木仔伯。我們班上住在街上的同學，說要來看你哪。」阿全興奮地說。

「看我？」阿木說：「我有什麼好看的！」

「他們要來看你點香菸，看你的中指，……」

「你還告訴他們什麼？」

「有，……」

「有沒有說找火柴的事？」

「有！」

一對老少突然都笑得很開心。瞎子阿木笑得連眼油也流出來了。

有一天下午，瞎子阿木在村長家大庭的紅閣桌放香燭的地方找火柴，摸來摸去，把桌上的一瓶什麼打翻了。「這下糟了！」他趕快把小瓶子扶正，手還摸到倒出來的水。他把手拿近鼻子一聞，「哇！香水。這可能是阿琴的。」嘴裡一邊叫可惜，一邊把沾在手上的水往臉上抹，倒在桌上的再用手刮，然後脖子身上都抹。等他一走出外面，引來大大小小的村人，圍著他捧腹大笑。

「有什麼好笑的？」阿木向大家說。

「瞎瞑木仔，廟裡謝平安還沒到，你就準備演戲？」清田帶頭暗示著說。

「清田！你那麼多嘴幹什麼！」

愛看熱鬧的人，不希望阿木馬上知道。但是阿木腦筋一轉：「演戲？」心裡暗暗地叫了一聲，「啊！花臉？敢是我打翻的是鋼筆墨水？對！就是鋼筆墨水的味道。」阿木不吭聲，乾脆就站著讓大家樂個痛快。然後理直氣壯地說：「我不笑你們，你們還笑我。我眼睛又看不見，你們說是墨水，我說是香水啦！怎麼樣！」

當時他沒被人難倒。要不是想像自己的花臉，反而有幾分得意，大家笑，他也跟人從容地笑。

「那時你在場？」阿木問阿全。

「沒有。這件事已經傳好遠了。」

「你在同學面前，還給我漏什麼氣？」阿木笑著問：「有沒有說餵豬的事？」

「對了，豬呢？」

「賣了，再不賣我會被搞死。」一提到豬，那兩頭四、五十斤的豬胚，令他想起來就沒那麼好玩了。

秀英突然出走，餵豬的工作也一併落在瞎子阿木的身上。四、五十斤重的豬胚靈活得跟狗一樣，阿木飼料還沒倒進槽裡，牠們就半站起來半空攔截，每次都把豬菜煮餿水的飼料弄翻得滿地。這個經驗，叫瞎子阿木每次餵豬時，右手握棍棒，左手提裝豬菜的桶子，他一邊罵一邊揮動棒子趕豬，同時左手倒豬菜。但是這兩頭豬，兵分兩路，一頭誘棍棒，一頭背地打劫，飼料到頭來還是被弄翻滿地。這不打緊，豬還把空桶子頂到圈子裡的內角，逼得阿木不能不進入圈子裡，把桶子找出來。當他爬進豬圈，站在煮爛的豬菜上，兩頭豬胚的亂撞，不一下子就把阿木絆倒了。棍棒一鬆手，也不知扔到哪裡，想站起來，還沒站穩滑了一跤，又是四腳朝天和一聲驚叫，把豬也嚇得亂撞不停。他拿豬簡直就沒有辦法，乾脆坐在豬圈裡面哭起來：

「秀英，你不回來沒關係。我要死的時候，你至少也該在我的身邊。秀英，我現在就快要死了。秀英……」

時值暗分，豬圈裡面更暗。阿木的哭聲驚動鄰居。當他們趕來看時，有人驚叫著說：

「糟了！那一頭是瞎瞑木仔？」

前些天的辛酸，重新複習起來，事情都已經發酵，而散發出醉人香味，聽到阿全聽得那麼快樂地笑個不停，他也快樂起來了。瞎子阿木他也跟阿全一樣，覺得餵豬的阿木又可憐又可笑。

到了阿木家的苦楝樹，阿全有點捨不得馬上就走地說：

「木仔伯，我把籃子放在這裡，我回去了。」他牽著阿木的左手去碰觸菜籃子。

「好好，就放在這裡。真乖，真多謝。」

阿全走了，瞎子阿木蹲下來，回憶一下久婆的吩咐，他照著兩張薄金屬片發出來的聲音，把白飯紙人和菜碗放在一邊。這時他突然聽到：「你家秀英哪裡去了？」

「阿全，你還沒去？」他嚇了一跳。

但是，沒有人回答。阿全不在，他已開始步下落車坡了。

「阿全！」阿木緊張地又叫了一聲。

「……」

瞎子阿木想起來了，剛才上了落車坡，聽到有人問起秀英哪裡去了的聲音，並不是阿全問的。他想：難怪我告訴他，說秀英跟測量隊去了，去參加測量隊時，他卻講到別的地方去。他蹲在那裡微抬著頭一動也不動，想再聽到那個聲音。儘管他的眼球翻來翻去地集中注意力，但是剛罩上來的幻聽，有如室裡蘭花的香味；有意聞之，無味無素，無意聞問，卻香味撲鼻。

寅時的催促，瞎子阿木不敢再怠慢。他拿起秀英的梳子抱在懷裡，口中喃喃地叫著：「秀英回來，秀英回來……」向來就沒用過這麼動聽的聲音叫過女兒，也向來沒覺得叫女兒的名字會令他這麼疼痛和感動。到了叫第三聲，一股傾滿了感情將大聲呼喚時，另一股斂力鎖住喉頭，而使瞎子阿木最後叫出「秀英——，回——來——」的聲音，在寒冷的空氣中顫然帶著無限的蒼勁。

原載一九八六年三月十七日《聯合報・聯合副刊》

打蒼蠅

他發現自己打蒼蠅的技術，
神到拍無虛發，
打死的蒼蠅隻身完好，
可見運作斟酌，
恰到好處。

3-21-99

八月和七月的陽光，並沒有什麼兩樣；過了晨間，它一樣刺人的皮膚，一樣刺人的眼睛。蒼蠅和人都躲到同一個影子裡。有時，人並不因為衛生的關係打蒼蠅，只是無聊罷了。

林旺欉老先生席地坐靠門檻，手執蒼蠅拍子，從上午自家房子的影子罩到巷道對面那一邊的水溝，就拍答拍答地拍打，打到影子已經縮到門前的水溝了。由於氣溫越升越高，蒼蠅打不勝打，越打越多，永遠都打不完。是很無聊，這樣打下去，根本就無濟於事。從三月間搬到新房來，一開始打蒼蠅不久，他就這樣想了。可是，有了這樣的想法之後，對打上癮了的他，卻像一根小刺刺到身上的皮膚裡面，想拿拿不到，不拿雖不礙事，但碰到了，或是想到就不舒服。過了一陣子，他發現自己打蒼蠅的技術，神到拍無虛發，打死的蒼蠅隻身完好，可見運作斟酌，恰到好處。這麼一來，打蒼蠅就變成一種樂趣，也變成打發時間找樂趣的一種習慣了。有人問他為什麼要打蒼蠅？他先毫不猶豫地說：

「因為蒼蠅就在那裡嘛！」然後又毫無把握的，「好像啃瓜子嘛。只要碟子裡還有，不想吃也沒辦法停止。」

「可打了不少啊！」來鄰居做客的年輕人，看到地上一小堆黑豆豉似的死蒼蠅說。

「今天討海的可好了，魚很多。」

「為什麼？」

「蒼蠅多啊！」說著拍答一聲，拍子落地，翻開來，兩隻蒼蠅死了。這一招顯然是賣弄給陌生人看的。他看到年輕人表示欣賞的笑臉，使這一項無法抗拒的習慣，剎那間，又著落到樂趣的層面。

但是，年輕人被叫回去吃午飯的時候，打蒼蠅的事又一時令他覺得漸漸無聊起來。有什麼辦法？總比無所事事的無聊好過一點。他這樣想。他回過頭看一看，屋子裡一點動靜都沒有。他明知道，老伴不到一兩點也不會起來的。今天凌晨，她回來時大概是三、四點都有吧？好像聽到哪裡的公雞也叫了。他記不清了。那是因為昨晚喝光一瓶米酒的宿醉，沒完全醒過來。當時只聽見阿粉氣呼呼地敲打門扇，口裡叫罵著說：

「……我知道你是刁故意的啦！你敢不開門，明天你試試看！……」

他覺得像是在做夢。

「……死人檂仔！你是睏死了！」阿粉敲門敲得很急。然後自言自語的，「沒想到這個人這樣夭壽！」她又叫嚷：「死人檂仔！你是要我活活氣死是嗎?!……」接著又是一陣打門聲。

躺在床上的旺檂，對聽在耳朵裡面的聲音，開始覺得有實感了，也聽見鄰近警覺起來的狗叫聲了。他不安地想起床。但是不知為什麼，像被什麼壓著似的，動彈不得。越不能動彈，心裡越急。

「……林旺欉！我到今天才知道，你是這麼歹心烏毒毒！……」阿粉喊痖了。

旺欉急得汗都冒出來了；讓阿粉在外面急成這個樣子也不對，吵了鄰居更不該，天亮了還要跟人見面哪。他想一時爬不起來，也該先用聲音應她幾句啊。嘴是張開了，卻叫不出聲音來。他又退回去想。

他想他是在做夢。

阿粉的叫罵和搥門聲不斷。

不過，他同時懷疑，一個人在做夢的時候，會想到自己是在作夢？他試著爬起來，他試著大聲應話。他爬不起來，仍然叫不出聲音來。他想，他還是在作夢。

「……說到你這款人！你早死早好！你現在就死！我馬上超生！……」詛咒聲尖到最尖了。

旺欉每一個字都聽得清清楚楚。他又不敢相信是在做夢了。他想，會有這樣奇怪的夢？竟然有這麼叫人清醒的噩夢？經這麼一想，他急著要把自己弄醒，不然自然會窒息掉。他的意志要使身體掙扎，要使嘴巴掙扎，心本身也在掙扎，整個人就這樣躺在昏暗的臥室裡慌張起來。

突然間安靜下來了。

有那麼一陣子的時間。

聽到這般安靜，並沒叫旺欉放心下來，相反的把精神繃得更緊。他仔細注意聽也聽不到阿粉的聲音時，奇怪的是，剛才一直壓著他不能動彈的壓力消失了。他一骨碌地坐了起來，摸摸身邊，是空的。他又糊塗了。頭雖然清醒一點，還是感到很重。他坐著發愣，汗濕的額頭，冷縮了一下就傳遍了全身。

「娘的！有這麼惡的噩夢？」

話才在心裡這麼嘀咕，突然間，在外頭的阿粉，像想到什麼，傷心地哭叫起來了。

「阿欉啊——，阿欉啊——，你不能死，阿欉——。你要是死了，我也要跟你死——，阿，阿欉——……」她把臉轉向鄰居的哭聲叫：「阿勇——、土殺——、……你們那一個好心的，快來幫我把門打開——，我家的阿欉死了——……」

鄰近的狗叫得比先前更厲害。

這時旺欉更相信自己是被噩夢纏住了。他很清楚地夢見自己，慌裡慌張跳下床，光著腳半跑下樓梯，一邊跑還一邊叫：「粉仔的，粉仔的，我沒死啦，我沒死啦，……」當他把門一打開，不但看到淚流滿面的阿粉，後頭還站著五六個穿睡衣的鄰居。

極度焦灼和傷心的阿粉，見了旺欉來開門，心一安，馬上改口破口大罵：

「你不是死了！怎麼還不死?!留下來氣死我！」隨手一個巴掌飛過去。

還有幾分醉意的旺欉，是夢，是事實，只在一念之間。接了一個巴掌之後，變化一念間的遊戲才結束。

「瘋了！」他不希望在別人面前，連一句反擊的話也沒有。

「瘋了？」阿粉馬上回應。

看了這樣的場面，鄰居們的緊張全消了。大家覺得好笑都來不及，輪不到講什麼話。年紀較大的鄰居，十分清楚這種鬥嘴，本來就是和好的前奏。

「誰叫你愛賭博！」老先生原來的一片歉意，換來咒罵，令他有點惱羞地叫起來。

「我，我不賭博，你叫我做什麼好？你講！做什麼好？」阿粉這時說話稍顯支吾，多少綻露內心感到理虧。

「我……」

阿粉不讓旺欉說話。她搶著說：

「你你你！你還不是一樣，從搬到這裡來，白天打蒼蠅，晚上就是喝酒，你還能做什麼？」

「那，那你叫我做什麼好？」本來大可理直氣壯一番，沒想到話怎麼轉到一個暗阱，竟然阿粉反過來興師問罪，叫自己覺得理虧了。

這一對相依為命的老夫妻，面對面時，誰都不願把互相關心的真情坦然地表達出來。有時因為一些雞毛蒜皮，常脫口說出與心裡相反的話語逗鬥對方。適才阿粉之所以禁不住揮掌過去，主要的是她為旺欉那麼傷心的情形，竟全被旺欉聽見而羞怒了的。這樣的事件，放在他們倆老的生活方式裡，旺欉老先生完全可以溝通和接受。

老伴居然還在睡，只好繼續打蒼蠅。反正五個月前，從內埤仔搬出來，離開農地和農事之後，閒得對三餐就沒什麼食慾了。另一方面，酒力雖然大不如前，喝老米酒的酒脾倒是大開。要不是前些日子，醉得跌破了頭住院，阿粉要數說他的把柄，也就不會那麼多，那麼嘮叨。一隻蒼蠅才著地，拍子緊接著落下來。蒼蠅死了。死得連蒼蠅自己都不知道。因為時間極短，事情發生得極快，死得像遇到偶發的空難，沒對象可怨。這樣的功夫，是老先生打啊打啊，一直打到上個月才修練出來的新招。不過，倒不是最近的蒼蠅都使出新招收拾的。那是要看情形，看他精神狀態好的時候，還要看蒼蠅是在眼前盤旋著地，視線能盯牢才可以。所以這樣的情形不多。如果老先生想使一使新招時，他會把停在地上的蒼蠅趕開之後，從頭伺機。因為蒼蠅有個老毛病：每當被人趕開之後，還是要飛回來停在原地，這不打緊，牠會朝向你搔搔頭弄弄翅膀，尤其讓受到騷擾的人，覺得簡直就是在示威挑釁。面對林旺欉老先生的新招，這就是蒼蠅的致命傷。為了想再度使出新招的興致，只注意著即將飛臨跟前的蒼蠅，而忘了埋怨阿粉沒能起來做中飯。

但是幾分打蒼蠅的興致，總比不上現實叮住人那麼牢固。月初都過了，每一輛類似郵差的機車聲掠過巷口時，都會叫旺欉緊張一下，尤其是近午時分，郵差就巡迴到這裡的。今天的這一回，還沒見著郵差。他話是不敢說不指望，心裡卻那麼想。從三月間大兒子跪地求他，把地契和房契過名給他處理臺北的債務時，他只想不讓兒子去坐牢，至於林炳炎說到應急之後的轉機，他一句話也不懂。但是約好每個月的月初，用報值掛號寄六千塊錢回來，做兩老的生活費的事，常有拖延。要不是三個女兒，這個一千，那個兩千的接濟，生活早就發生問題。旺欉埋怨著說：「七十多了。除了客兄公沒當，阿公、伯公、叔公、舅公、文公、同年公、親同公，還有，還有你說還有什麼公我沒當？就憑這些公和朋友弟兄的交陪應對，你說一個月要應付多少生子、入厝、當兵、結婚、住院、喪事？……」這一段話，像是一張稿子背起來的，沒有一個人聽旺欉有節有韻叮叮噹噹地敍說起來，不覺得既好玩又有點替他不平。但是當人家為他對林炳炎有所指責時，他又百般地護呵兒子。

又一部類似郵差的機車聲，從巷口掠過。他又失望地收回視線，剛想打的那一隻蒼蠅不見了。如果他對郵差不抱指望，機車聲對打蒼蠅而言就是騷擾。反過來對郵差抱著很大的指望時，蒼蠅的動靜就騷擾了聽機車聲。今天，尤其到了中午這個時候，他是沒什麼心打蒼蠅。他把耳風放得遠遠的，只要遠處有機車聲，他就望著巷口看。

都八月初六了。旺欉心裡急著的是，後天就是農曆七月初一開鬼門。要拜啊！接著初三又是輪到村子裡祭厲普渡、親戚朋友多多少少總是會來看熱鬧，到時候不叫人家吃一頓可以嗎？心裡這麼唸著，手上的拍子，拍答一聲，重重地落在跟前的水泥地上。蒼蠅是打到了，糊了，塑膠鑄成的「甲」字形的拍子，有一角彈到路上去了。幾隻閹雞猛衝上去搶，有一隻啄在嘴上跑了幾步，很失望地把塑膠片甩掉。旺欉收回拍子撫摸著缺口，怨責自己太用力。這還沒完，隨即拍子又出擊，輕脆而有勁地落在才被打糊了的蒼蠅，把一隻飛來吸吮同伴肉汁的，一併打死在一塊。他用拍子輕輕地把黏在地面的蒼蠅挑動一下，再把牠撥到牆邊去。死蒼蠅任憑螞蟻分成長長兩路，不但搬不完，好像越搬越多。那幾隻閒蕩覓食的大閹雞眼尖，瞧見那一堆蒼蠅，一個箭步想跑過來掠食。老人家揚起拍子吆喝。雞退了幾步，轉過頭眼睛還是釘住蒼蠅不放。他想阿粉不起來做飯，他自己去把一些剩飯剩菜先蒸起來。不甘心走開的閹雞，停在拍子搆不到的地方，劈著頭和旺欉對起眼來。

「咦——！你娘娘的！你蠻。好膽子不要跑！」他一邊罵一邊想起來。但是坐太久了，除了打蒼蠅的手還靈活之外，整座脊椎骨都僵住了。他雙手壓著弓起來的膝蓋，把身子往前傾，同時用力撐了幾次，才把身體撐起來。然而非得一手扶著門，一手伸到背後，用握拳的手背搥著腰脊，慢慢地才好像把彎曲的鐵筋搥直了。等他完全站挺了起來，他卻忘了站起來要做什麼。左思右想，看到閹雞還在不遠的前面，總算讓他記起一件事似的，跨步向前，把閹雞趕跑了。聽起來有點像郵差的機車聲，從遠處傳來，他興奮地走向巷口。幾隻才被趕開的閹雞，以為老人家還拿牠們認真，也向巷口跑在旺欉的前面。

機車聲越來越近，逗得老人家都可以聽到自己的心跳。他伸手到褲袋裡捏著準備領掛號的印章。但是機車聲近是近了，到了叉路口，聲音遠了，好像往三界公廟的方向下去了。插在褲袋裡的手，更用力地捏著印章，被印章的邊角逆得疼痛。旺欉來到巷口，站在馬路中間，往兩端望了望，望到有一個騎腳踏車，從三界公廟往這邊來了。他還沒看清楚對方，溪水仔就先打起招呼：

「旺欉仔伯，吃飽了沒？」

「是啊，你去哪裡？」

「到鄉公所找獸醫。不知怎麼，家裡的豬公這兩天都不吃了。」說著人也到老人家前停下車來。

「不是初三普渡要殺的嗎？」

「就是說嘛！早不這樣，晚不這樣，偏偏找這個時候，多叫人焦急！」

「有多重了？」

「六百多斤了；但是這一兩天失了不少。」

「天氣太熱了，跟人一樣吃不下。」

「有啊！一隻電扇整天吹個不停，一天還給牠沖兩次涼咧。」

「吃什麼？」旺欉忘了自己的急事。一下十分關心溪水仔的豬公起來了。

「飯糰，西瓜，這還會比我們人差？」

「豬欄裡有沒有動到煞。」

「不會的，多久了，一根釘子也不敢釘，不敢拔，還會動什麼煞。連戴孝和大肚子的都不會讓他靠近的。」

「有沒有拜土地公？」

「唷！豈止土地公？三界公都請了。」

「這東西，」旺欉凝神地說：「就是這麼怪！」

「要不是今年當爐主，也不會這樣叫人著急。」溪水仔推動車子：「好吧，我得趕緊去找獸醫了。」

看到溪水仔急急忙忙上路，自己揶揄著自己說：「豬公命真好，比我這個什麼公都當了的更像公。」

旺欉才想走回巷子裡，剛從路邊小舖子走出來的警察叫住了他。

「林先生，林先生。你的老牽手在家嗎？」

「什麼事？」

「昨天晚上在李滿生家賭博被查到了。今天要罰。她現在在家嗎？」

「要罰？」

「對！賭博當然要罰。」

「你說什麼？你不叫她賭博，你叫她做什麼？」

「不要賭就好了嘛。她在家嗎？」

「罰多少？」

「六百。」

「六百？以前不是才罰三百五嗎？」

「最近漲價了。」

「他們輸贏也只不過一兩百，你罰她六百？」

「走，我跟你一齊回去。」

林旺欉老先生站在巷口不動。他心裡好難過。

「林先生，……」

「不知道。」他生氣地說：「我們沒有錢！」

警察看他生氣，就改了口氣說：

「林先生愛說笑，你們沒有錢怎麼會來住湖光別墅這裡？這樣好了，請林曾粉下午到派出所找我。」

警察走了。他拋下「林先生愛說笑，你們沒有錢怎麼會來住湖光別墅這裡？」這一句話，深深地刺痛了旺欉的心。眼前的巷道，左右兩排即是湖光別墅。

哼！別莊?! 林旺欉一眼望到無尾巷的巷底，兩排感覺上似乎在遙遠的地方的建築物，令他卻步。可是下去左手邊的第六間，從內埤仔老家移過來的貼壁蓮，在牆頭上向他招手的就是他的家啊。他沉重地走進巷子，好像明知道整個事情是被作弄，自己還一步一步走進得更深。

為了舒服一點點，他略仰頭，把整個湖光別墅收進眼裡，以唾棄的口吻：「娘娘的！別莊?!」最近他常常這樣一個人自言自語地罵。有時罵完了他才發現，自己做了這樣無聊的事。

這地方旺欉熟得不能再熟了，從大埤到內埤仔山區的半路，就是應公仔邊的那一塊金棗園；內埤仔人出外到城裡，都得經過大埤再出去的。自從鄉道鋪了柏油之後，在一夜之間，上千棵的金棗樹不見了。兩排隔著六米寬的巷道，面對面三十二戶獨門獨院的二樓平房，就那樣突兀地冒出來。誰都知道，那是趕在禁建前，連夜搶蓋起來的房子；

混凝土裡的砂石超出了比例，拆下模板後的水泥面，一眼就令人直覺得到的劣質，連蓋房子的工人也說，這種房子送給他都不敢住。老闆的想法很簡單，他認為大埤和內埤仔的人，不需要這種房子，也買不起。

他是準備賣給城裡的人，或是臺北人的。所以整個外觀的部分，上端的斜簷是桔紅色，二樓牆面是米色，一樓是咖啡色，全都用磁磚把它包起來。每家緊貼巷道的兩尺半寬、八尺長、一尺半高的小花圃，兩端種了兩株五尺高的龍柏、四棵杜鵑。就這樣，寫著「湖光別墅」的售屋廣告板，從九號幹道，借沿途右手邊的電線桿，一直指引著而掛到裡面來。所謂的「湖光」並不完全是噱頭；距離工地差不多兩公里靠山的地方，確實有一片湖光和亂葬崗的山色。上下三十二建坪，三房一廳，雙衛一廚，訂價一百一十萬的別墅，推出兩年了，總共才賣了九戶；都是每一戶降到五十萬左右才脫手的。現在一戶只要三十八萬現款，叫了半年了，還是沒有人再來聞問。除了成交的售價叫老闆大感失算，九戶住家沒有一家是城裡的，或是臺北人。他們不是大埤的，就是內埤仔人。其實，事情大出所料的豈止是蓋房子的老闆，林旺欉和林曾粉也萬萬沒料到，會住到別莊的樓仔厝來。

「炳炎真有才情，讓你們兩老住別莊享福。」當時聽起來，多少還覺得頗有點安慰。五個月後的今天，想起這樣的話，覺得自己未免得意得太早了。路過這裡的村人老友，常來看旺欉他們時，多多少少會留一些果菜說：「炳炎常回來看你，你也得叫他來內埤仔看看我們啊！要不然叫他來讓我們看看這個內埤仔囝仔啊。有汽車更方便。……」想起這些經常會聽到的話，真有走投無路的感覺。

阿粉仍然還在睡。本來想大聲嚷一嚷的，但話一逼到喉頭，心裡越害怕阿粉。不知道是從那一天開始的，不過阿粉變得不怕他是從搬到別莊來以後的事。當年續絃把她娶進來，雖然相差二十歲，不但不差什麼，還叫許多村裡的男人羡慕。哪知道到了他自己無法掙錢，身體各方面也衰退了的時候，阿粉才五十出頭，短短的身體肥壯得很，在巷頭說話，巷尾還聽得見。那個時常來的魚販，最愛讚美阿粉的身材。阿粉心花一開，不顧旺欉在後頭，她笑嘻嘻地說：「我老是老了，現在我的乳頭還是小得像箸頭。我也不知道，人家說乳頭小的女人，子女會孝順。」一聽到自己的女人，跟別的男人談自己的乳頭時，旺欉只有羞憤得往後溜了。但是，這句話太深刻了。一想起來就怕上加怕，理不直氣也壯不起來。旺欉把一盤魚放在電鍋裡的剩飯上面，加了蓋，按上開關，回頭往樓上的樓梯口望了一下，那半樓梯間轉角處一時叫此時心虛的旺欉，看到阿粉的影子在那暗氛的空氣中閃了一閃。他納悶地走到門口，對面的陽光已跨近門檻，牆邊的一堆蒼蠅都沒有了，兩路長長的螞蟻也不見了，只剩下幾十隻散兵，在陽光下做不規則的地毯搜索。他踏出去看看巷子，幾隻閹雞也不在了。前面空屋子的影子，令他覺得很親切。

他突然想到什麼似的，回到屋子裡，開一瓶米酒，帶一只碗，還有擱在牆頭上的蒼蠅拍子，到對面的空房子去了。

湖光別墅的空房子，差不多都一樣；花圃的菅草都高過龍柏，埋了杜鵑。旺欉坐在空房子的門檻上，一邊喝酒，一邊打蒼蠅。至少到晚上他都不再去想郵差了，該來的時候早已經過了。再有任何類似的機車聲，也分心不了他打蒼蠅。

氣溫很高，蒼蠅比上午還要多。他打了沒多久，又打了一小堆，螞蟻也開始來搬運了。但是心裡越打越難過，打起來也不能像平時只是為了無聊打發時間。難過的事情像蒼蠅一隻接一隻地飛來，他想到阿粉賭博，想到阿粉向別個男人說她的乳頭小得像箸頭，想到……，蒼蠅飛下來，他不再斟酌運力了，狠狠地打，不管拍子會不會壞，挨打的蒼蠅一隻一隻都被打糊了，牢牢地黏在地面。蒼蠅還是一隻接一隻地飛來，他想到炳炎仔，想到初三普渡，想到姓黃的那位警察，想到……，想到自己的無能，拍答拍答狠狠地打，令他難過的事情和蒼蠅，越打越多，永遠都讓他打不完。

一部機車騎進巷子裡來了。

旺欉仍然狠狠地打他的蒼蠅。

機車在他家的門口停了。郵差大聲地往屋裡叫：

「林旺欉掛號——！」

旺欉又打糊了一隻蒼蠅。他抬頭看到郵差，也聽到郵差的叫聲。但並沒引起他絲毫的興奮或是緊張。

「林旺欉掛號——，順便把印章帶出來。」

旺欉一下子沒有辦法站直。他在努力。當他聽到郵差第二次叫他的時候，他有了感覺了，不知是興奮或是緊張。他想大聲應聲，但是一股感動塞在喉頭，不是不能發出聲音，而是不敢，怕在郵差面前失態。他十分焦急，越急身體越緊得不容易站起來。

當旺欉聽到郵差叫他第三聲時，他只好撿一顆小石子往郵差丟過去。

新來的郵差轉過頭來，看到他問：

「林旺欉是你？」

旺欉頭一點，淚也掉下來了。

原載一九八六年四月二十日《聯合報．聯合副刊》

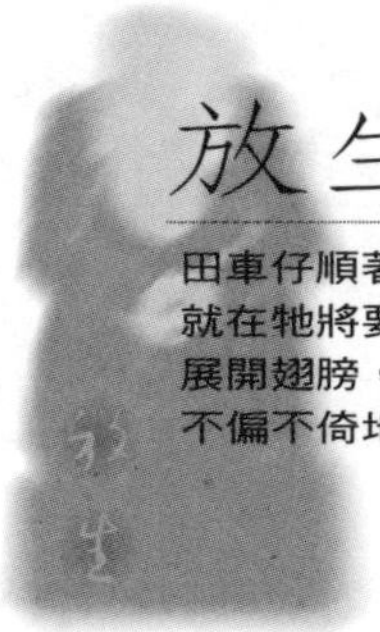

放生

田車仔順著被拋出去的方向，
就在牠將要掉落的弧點上，
展開翅膀，
不偏不倚地往前昂首引頸的飛去。

一

一到落西北雨的季節，過了午後，烏雲就開始密集而壓得低低的，壓到哪裡，雷聲閃電就響亮到哪裡。從這個時候，蘭陽平原的農家就進入一邊收割第一季稻子的同時，另一邊卻在搶著插第二季秧的農忙時節了。

位於武荖坑溪出海口右手邊的大坑罟，整個村子仍然被幾家化工廠和水泥廠所冒出來的濃煙，遮去了頭頂上的青天。該有的陽光落在防波堤外的沙灘，和太平洋的波浪間，在那裡閃爍跳躍。

從遠處傳來的雷聲，叫金足婆警覺地放下手中的水瓢，很快地從屋後的豬圈繞到前面的曬穀場，把幾只列在屋簷外的大大小小醬甕加了蓋，再壓上磚頭或是石頭。接著，她一轉身向曬衣場邊走邊拍拍手，拍掉搬磚塊沾上來的塵土，最後還拉上裙裾擦乾淨。她把裙裾放下，人也到了曬衣場了。

今天曬衣場特別熱鬧。除了她和老伴的幾件衣物，還有文通所有的，有的已分不清楚是誰的也都上場了。金足婆先走近被單，伸手抓一抓垂下來的邊角，覺得被單都乾了，衣服更不成問題。只是晾竿上的衣物，因為今天風勢西向，都蒙了一層工廠噴出來的煙塵。這些煙塵落地的情形，倒是很有秩序；粗粒的落在就近的田裡，細粉狀的就飄落到金足他們家附近的地方。對這些煙害，十多年來連帝君廟裡的紅關公都變成黑張飛了，大坑罟的人更拿他們沒有辦法。不過，久而久之，對付這些落在曬乾的衣物上的煙塵，女人早就有了心得。收衣服之前，只要在晾竿的中央，斟酌一下適當的力量，猛拍一下，掛在晾竿上的衣服，就像無頭木偶突然受到驚嚇似的，一起跳動起來。這麼一來，附著到衣物上的煙塵，也就自然地隨著抖落。金足婆多拍了幾下，清理之後，斜舉晾竿的一端抖動抖動，那些乾衣服一件挨一件，全都滑到她的胸前。最後竟看不出，到底是人抱一堆衣物呢？或是人被一堆衣物包了？總而言之，事實是兩條被單圍披在肩上，後腦瓢和脖子全看不見，環抱合不攏手的衣服直堆到眼睛，右手還抓住一件差些滑掉的長褲，然後再用下巴用力壓低面前的衣服，稍做側頭這才找到視線。她小心地移動腳步，怕的不是跌倒，是衣服掉落地。此時的雷聲比剛才近了許多。她住腳轉身往外看。烏雲已經從舊寮壓到十三份山了。接著再貫入耳朵的雷聲，叫她有點莫名的著慌。本來準備抬腳跨過門檻，卻叫停在那裡。她想，該遮該蓋的都遮蓋了，該收的也都收了，還有什麼叫她放心不下。想了想，想起隔壁竹圍的鄰居來了。她轉身大聲叫喊，那叫聲和乾乾瘦瘦近七十歲的她，倒是很相配。

「咻——！」先用尖拔的聲音吆喝一聲：「烏肉的——。玉葉啊——。虎、虎來了唷——！」故意把方言同音的「雨」字叫成「虎」。金足這一叫，不只烏肉他們聽見，連再過去的竹圍也聽見了。

「知道了——，我正在收了——。」烏肉的媳婦玉葉，也用尖刺刺的聲音應聲回來。

「你家烏肉呢？」

「我家細姑仔生了。她一大早就去臺北了。」

「你是說阿英生了——？」明知道玉葉的小姑就是阿英，但她不知道為什麼還要這樣問。

「是啊——，就是阿英啊——。」玉葉倒不覺得奇怪。

「生坐轎子的，還是抬轎子的——？」

「生查甫的啦——。」玉葉特別大聲地叫著。至少金足婆聽起來是這樣。

金足自言自語地說：「阿英生了?!生查甫的！」這時候玉葉還繼續說了些話過來。可是金足只顧自己呢呢喃喃說些什麼，玉葉的話全沒聽見。

她抱著衣服走進屋子裡，嘴裡又唸了一遍：「阿英生了?!」

早前她就向同年的烏肉提過，希望阿英不嫌棄文通愚直。烏肉也說，只要文通不念我們阿英有點三八，就娶過去當你們家的媳婦吧。其實阿英並不像她母親自己說的三八，在金足的眼裡，那是她年輕，又是男女戀愛時代的農家女性，電視連續劇看多了，不像過去的女人，任何事情都一忍百忍，一順百順，一直順從到底罷了。大體上說來還算乖巧。烏肉當時也很欣賞同年的見解，並且老實地表示，她不喜歡女兒嫁到天邊海角。說金足要是不怕俗話說「女兒賊」跟我住得近的話云云。可是最最叫金足感到合意的是，阿英那長得四正帶翹的臀斗，再來就是可以致蔭丈夫的圓下巴。三年前極力慫恿文通，要他趕快答應這件婚事，但是這孩子年紀一大把了，還一味紅著臉推說人家對方還年輕，慢慢來。

「慢慢來？」金足嘀咕著。在她看來就是這一句話搬動了文通整個命運。「現在，現在人家阿英嫁了，生了小孩做媽媽了。……」她長長嘆了一口氣。雖然文通過幾天就可以出獄，心裡不無高興，但是事情跟阿英連起來想時，又是另一種滋味。剛才聽了雷聲見了烏雲，忙著收拾屋前屋後的那一股彈跳起來的勁沒了，整個人的心情，就像抱在身上的一堆衣物，糟亂不挺。

雷聲又來得更近。那一分莫名的著慌，並沒有因為她已經提醒鄰居收拾東西而消失。她坐在床沿摺疊衣服。文通的衣服兩三年沒穿了，雖多花一些時間搓洗，發黃的地方還是洗不掉。每展開文通的衣服，就為這孩子叫屈。過去發生的事，一回到心頭就像挨針頭一刺。她失神地把衣服放在腿上，回憶的片段成了一時失聲的黑白影片，一直在心裡打轉。

她記起來她在奔跑。

她看到一群人在海灘拉拉扯扯。

她不停地叫喊著孩子文通。

她拚命三步併一步地拚，好像永遠跑不到人群，人群中有一人倒下來了。

她看到躺在地上的人滿臉帶血。

她撲過去看那帶傷的臉，撫摸他。

她看到她沾血的手，看到兩眼冒火的文通。

她記得她回頭緊緊地抱住文通。

可能是落在屋前不遠的雷聲震醒了她，但是那一串無聲的回憶，突然聽到文通吼叫：

「我屚鳥咧！他不怕我們大坑罟的人死，我還怕他死！」

「警察也一樣，不要碰我！我會連你丟到海裡餵魚！」

奇怪的是，耳鳴和偏頭痛的老毛病，馬上又接上來了。金足摺疊好手上的衣服，試著用雙手的食指塞進耳朵，連續用力壓一壓，然後猛一放開；有時候奏效，但是這一次，那往腦子裡直鑽的耳鳴還是鑽個不停。本來叫她覺得苦惱的事，一時由於冒上來天真的疑問，懷疑自己的頭到底有多大，為什麼那尖銳的耳鳴，一直往裡鑽了一陣子，還沒穿過她的腦袋。眼看一堆衣服在眼前，此刻好像沒有比這更重要的事。她又開始拿起一件衣服展開。看它是老伴的圓領衫時，這下才明白過來，原來有什麼放不下心的就是老伴。

「尾仔！」金足叫了一聲，側頭注意回應。

除了雷聲、耳鳴，什麼都沒聽見。

「尾仔！」她更大聲地叫著。她想這樣的聲音，屋子裡的大小房間都可以聽見了。

還是沒得到回應。

正在著疑，轟隆一聲從頭頂上劈下來的雷聲，叫金足大大地嚇了一大跳。她稍一定神，抬頭看看屋頂，看看身邊四周。並沒看到什麼遭到劈擊。她放下衣服，走進大廳，嘴裡唸著「阿彌陀佛」，又轉到柴間，嘀嘀咕咕唸著：「這個死人，死到哪裡去，也不說一聲。」屋子繞了一圈，看不出有什麼異樣。心想，這麼大聲的脆雷，一定在就近擊中了什麼。會不會是？一想到這裡，不由得精神有點振作起來。金足婆很快地跑到竹圍的出口處，往心裡期待發生的方向望去。

她失望了。

化學工廠和水泥廠的大煙囪，仍舊傲岸聳立在那裡，從從容容地吐著濃濃密密的黑煙，和已經壓到大坑罟這一帶來的烏雲，交混為一體了。多少年來，大坑罟這一帶的人對煙囪的詛咒，只止於無奈的反應，並不曾寄於應驗。金足婆此刻的失望，只不過是那轟然巨響的雷聲，叫委屈已久的人，一時產生一廂情願的幻想罷了。

金足走回頭，隨便放眼所看到的竹子、含笑、金針和紅草仔，沒有一片朝天的花瓣和葉片，不蒙上一層煙塵。看著走過的那些花草，一時間記起午飯時，老伴好像提到採草藥，要送給榮吉的孩子敷疔瘡的事。她迅速回到屋子，拿了兩頂蓋過肩膀的雨笠，統統往頭上一罩，踏出門抄捷徑往防波堤直走。

沙灘上跳躍的陽光，全都被烏雲趕走了。貼近地面的空氣，冷熱還沒完全攪和；站在堤防上望著村子裡的莊阿尾，沒看出那一聲巨雷之後的動靜，倒是覺察到吹過額頭的風是熱的，膝蓋以下卻又像是泡在流動的溪水裡。豆大的雨點開始稀疏的打下來。眼看溪埔那一頭，西北雨落得入霧，同時向著堤防這一邊移過來了。他握一把足夠讓榮吉的孩子敷兩帖的雞舌紅草，大步地下了堤防。

才撒了稻熱丹毒殺金寶螺的水田，一隻中了毒的黃鷺，被半跑來著的阿尾，驚嚇得逃離田埂，搖搖晃晃地直往剛插好秧的田中央拍翅奔跑。

「田車仔！」老人家驚喜地叫著。他忘了要躲雨，下田就直追。兩隻塑膠拖鞋，一隻翻在田埂，一隻被埋在田裡。田車仔沒命地拍著翅膀，就是飛不起來。最後，連翅膀都貼在水面舉也舉不起來，跑也跑不動。濺得一身泥水的阿尾，逼近動彈不得的田車仔，心裡好不緊張又興奮。要是這件事情落在一個頑童的身上，讓阿尾看見他為了捉一隻鳥，竟然把秧苗踐踏得這般東倒西歪，不罵他罵得狗血淋頭才怪。他也不知道什麼緣由，輪到他這個老頭自己，那消失已經久遠了的，男童才有的那份原始衝動，還是這樣的見獵心喜。他好怕就差這麼半步遠的距離，才讓田車仔飛掉。他急著要抽出落在後頭的右腳跨前，但是左腳也一樣，統統瘓得抽不出泥面。他只能貪著身軀儘量伸手採過去，伸，伸，就是差那麼一點點。田車仔看到就要碰到牠的手，正準備做最後一試的起飛時，老人看情勢不妙，急出一股力量，躍身撲過去，把鳥捉住手裡，人也直直地趴在水田裡了。想想自己的模樣，禁不住地笑起來。衣服全都濕了，索性就坐在水裡，小心翼翼捧著田車仔端詳。驚慌不已的田車仔，牠急促而有力的心跳，一下一下清清楚楚地鼓著牠小小的軀殼，再傳到捧著牠那乾瘦的雙手，和此刻老人家的心跳，互相呼應而怦怦作響。埋藏已久的歉疚和一股喜悅，一併從心底深處升上來。他以對待一個小孩子說話的口氣，連連唸著：「我捉到了！我捉到田車仔了！」聽那慈祥的口吻，使得那捧在他手裡顫抖的田車仔，越發顯得寶貝。剛才辛苦採來紅綠兩面的雞舌紅草，零零落落紅綠相間地撒在田裡。

其實自從文通上了小學，結交了一些新朋友之後，往後的日子自然有許多新鮮事物，讓他忘掉和他玩了一個多月的田車仔的飛失，同時也一併忘了他吵著一定要回田車仔，惱怒父親，而叫阿尾拉開他時，失手把他的肩胛拉脱臼的事了。但是，這對當時的阿尾，曾經折損過三個小孩的阿尾而言，是一件很深的內疚。在短短的幾天內，就想盡辦法捉了好幾種鳥回來給文通。小孩只愛飛走的那一隻田車仔。過後，大人和小孩，事情就從淡忘而到全忘了。不過事隔三十年，自己所作所為所經驗過的事，能夠留在記憶中的，實在比忘記了的少得不能比。可是，那些忘記了的大部分當中的某一件事物，經過一段長時間的埋沒之後，在某一個時間和某一個地點的搭配，當他看到某一件事物時，不經由記憶就有了反應和行動，甚至於連自己也不很清楚他在做什麼，為什麼要這樣做。莊阿尾就是這樣。他除了今天，那就是最近和金足一道去龜山監獄，探望文通回來的途中，在土地公廟下了公路局的班車時，就在那裡被一隻田車仔吸引住了。老巴士起動的引擎產生的氣爆聲，把一隻躲藏在廟後九芎樹叢裡的田車仔嚇出來，牠順著田埂跑了一段，才慢慢地飛了起來，飛過一波一波推過來的稻浪，然後漸漸地，漸漸地消失在遠處的一個黑點裡去了。阿尾望得出神，連自己也在意識裡，縮，縮，縮到成為同一個黑點時，要不是金足拉開嗓門大叫一聲，恐怕他也要隨著那一隻田車仔消失了。

金足婆之所以會那麼猛切叫喊，實在是看到老伴那種失神的模樣給嚇著了。原來她一下車就走在前頭，話滔滔不絕地講，有那麼一段路了，覺得她的話不見阿尾哼應半聲，這才叫她回頭看到老伴還停在站牌那裡發呆。

「尾仔！」

阿尾沒聽見。他一直凝望遠去了的黑點。

「尾仔！你是死了嘛！……」金足更猛切地叫著。

這下老人家聽見了。他醒過來似的，往金足這邊看了看，無趣地深嘆一口氣；像是有點不情願回到這個世界。他無可奈何晃啊晃地晃到金足的身邊。

「你害我像瘋子，一個人跟自己說了半天話。」話雖然沒有一句好聽的，眼神卻十分關心地舔著老伴的臉。

聽了金足的話，老人家覺得好玩又好笑。「看。有什麼好看？」他張著嘴巴笑著說。但是笑聲一絲不溢地，全都被那沒有牙齒支撐，兩頰和上下唇都向口腔凹塌進去的黑洞吸掉了。可是金足婆可聽見他的笑聲。她說：

「笑！你說不是？我這不像個瘋子？你到底站在那裡發什麼呆？」

「哪有。」話是這麼說，金足還在問罪，他恍惚間腦子裡又出現那一隻田車仔，優雅地拍著翅膀，越過一波一波金黃色的稻浪，穿過一朵一朵映在水塘的白雲。他禁不住回過頭，搜尋消失到藍天的那一個黑點。

「尾仔！」

「我又不是聾子，那麼大聲幹嘛！」

「你啊！你比聾子更糟！我看你十分是給亡魂牽走了。不大聲叫你，你會回來？」看老伴一下子就惛然不清的樣子，心裡真有點害怕。這一輩子雖沒見過亡魂仔，在年輕時，村子裡動不動就有人失蹤。那時候村人不是請來清水溝的哪吒太子爺，就是請牛埔仔王公，起輪轎，出籤書，由兩人抬的輪轎在村前村後跌跌撞撞，到處找人。有的在野地找回來了，有的就此不見了。村人和金足都確信這些人是被亡魂仔牽走的。看那些找回來的人，也都是失神發呆。金足困惑地打量著老伴，口裡不住地唸著「阿彌陀佛」。

「不要這樣看我！」阿尾有點不悅。

「你沒怎樣吧？頭暈？想吐？」

「你這、這、這才瘋哪！」阿尾煩不過的：「你這樣，我沒怎麼樣也會被你逼得有怎麼樣。瘋了！」

「還不是關心你，為你好。」

「快走，快走。」這下阿尾精神來了：「肚子餓了。你還要燒飯哪。」

金足從話中似乎覺得被需要而感到愉快。她輕鬆地說：「你這籠中鳥，放你出去你也活不了。」

兩個人轉入村道，心裡也覺得快到家了。阿尾搜覽著兩旁的稻田說：

「這些稻子這幾天都會收割了，再等到插秧的時候，文通差不多也回來了。」

「我也正在想這一件事哪！」她很高興這麼巧合的事。

「他的房間，還有他的衣服，都該整理整理，洗一洗曬一曬了……。」

「這還用你講！」

好容易才叫兩個愛頂嘴的人平靜，而有了一兩句優雅斯文的對話時，阿尾的話，無意地傷了金足。她說：「你只有那一張嘴。你呀，等你掘井，大家渴死。」

但是想到文通這孩子，金足傷心地訴說著，「這孩子，他說出獄那一天，不准我們去接他。不准？這哪裡是他對我們兩老說的話。不准？」原來她想阿尾會怎麼說，看他沉默不語，又怕阿尾誤會她的意思，她補充著說，「其實我才不管他怎麼對我說什麼。叫人傷心的是，為什麼他不想我們去接他回家？為什麼？」

「這傢伙的脾氣你又不是不知道。……」

「都是你寵壞的。你看別人，人家是多麼盼望家人去探監。只有這孩子跟人不一樣。見了他不安慰我們幾句不打緊，還怪我們常去看他。……」金足說得心酸喉塞而停下來。

「難怪你要難過。連他這種話你也相信。」阿尾說：「他說這種話，你該知道他心裡面有多矛盾啊！他看我們兩個老人家，每次老遠跑去看他。你想這孩子忍心嗎？我認為文通比別人更會想。」

「孩子是我生我養大的，我當然知道。你以為我就是那麼傻，我啊，我只是……」說到心酸處，語調也悲了。「我只是希望聽到他説一兩句好聽的話罷了。做母親的就是這樣，這樣傻！」

阿尾無語地走近村口，不覺間，不知是方才看到的，或是另外的一隻田車仔，牠又出現在前面，沿著圳溝兩岸盛開的野薑花，貼著往海口那一邊飛去。阿尾又出神地望著。這次金足沒驚擾他，隨著他的視線望去，準備發現什麼祕密的事，可是什麼都沒看到，只是每天都看到的田野，還有遠處幾將和野薑花混在一起的飛鳥而已。金足真想不透老伴又為什麼出神發愣。

「喂啊！死人。」

剛好飛鳥消失了。阿尾像是沒事地轉過頭，看到金足那一張他説是「苦瓜面」的臉，他禁不住張開漏斗形的嘴巴，無聲地笑起來；笑得口水都淌下來了。

催著驟雨的雷聲移到對岸去了，雨勢留在這邊落得十分緊密。

濕了一身的阿尾，跑，不跑都一樣，他換了便步，弓著身子把鳥護在懷裡。戴著兩頂雨笠的金足，在雨中遠遠的就看到人影，從容地向她這一頭走過來。她趕了幾步。她猜對了，就是尾仔。她十分訝異：莫非真的著了亡魂仔？

「尾仔，你瘋了！雨這麼大，你在遊景？……」她邊跑過去邊叫。但稍一接近，看到老伴抱的是一隻田車仔，再次地吃了一驚，一時話也沒接完。

阿尾看到金足，心裡更高興。倒不是為了金足帶來對他的關心。只因為捉到田車仔的喜悅，隨即就可以告訴她。再說金足那一張困惑不解的臉，使本來高興得就想笑的他，讓他覺得更好笑而笑了起來。由於笑在先，所以本想說「我捉到田車仔了」這句話，竟叫靠過來的金足，一邊摘下頭上的雨笠罩在他的頭上，一邊搶先說：「田車仔？又不能吃捉牠幹嘛……」話還沒說完，看到老伴的臉一下子拉下來了。金足改了口氣放低聲音，「感冒還沒好，再著涼可就要你的命。」

阿尾一時變得非常不愉快，同時一聽到感冒兩個字，喉嚨卻癢起來。一陣咳嗽擠在喉頭蠢蠢欲動，為了面子，他想再怎麼也不能叫金足給說中。他運氣抵住喉頭憋著。但是不憋還好，一憋，一陣劇烈的咳嗽，全身震動，眼冒金星，雨笠滑到背後。

「看！才說著哪。」她關心的說。

但阿尾聽起來就不一樣，渾身不舒服，還咳個不停。金足一邊替他扶好雨笠，一邊拍著老伴的背。阿尾扭開身體，不叫金足拍他。被咳嗽嚇著了的田車仔，掙出一點力氣想飛跑。阿尾緊張了一下，抓牢了牠，咳嗽也停住了。

被老伴扭開手的金足，心裡的滋味也不是好受。明知道這個時候不再講話最好，可是嘴巴不聽話，口一張，話也就出來：「骨頭都要敲鼓了，還使小孩脾氣！」抑不住的話，還能把語氣壓低，儘量叫一句責備的話語，變成像哄騙小孩。

平時憨厚的阿尾，只會跟金足賭閒氣。等他閒氣一賭起來，就像樁一樣，釘在那裡連根也長了。誰都拿他沒辦法，兩個人一時僵持在那裡，一個為面子，一個為的是不知怎麼才好。這種情形一秒鐘也覺得很長。金足心裡自責不該和他頂在這裡，害他受涼就不好。「你瘋，我才不瘋。」拋下一句話掉頭就走。沒有幾步遠，後悔就跟上她。

阿尾的牛脾氣早就知道，想不透的是他抓田車仔做什麼？為了一隻田車仔還淋了一身不顧，怎麼想、怎麼翻，在那漫長的日子裡，也找不到尾仔對田車仔有絲毫的興趣。想啊想，想到老伴最近有點怪，就在這點怪上，金足突然有了發現。前些天探監回來，從大馬路轉到村道，老伴第二次望著遠處發呆，她順著他的視線搜尋。一大片常見的田野。她想老伴捧在胸前的田車仔。再想到田野的風景，有一隻鳥在飛。她有了這個印象。現在想起來，那一隻鳥即是田車仔！得到這個答案，心裡不無高興。正想回頭看看尾仔，一下子給自己止住。為了證實自己的答案，腦子一翻，一隻似有似無的飛鳥變得很清楚了，不但可以看出是一隻田車仔在飛，再怎麼飛，還是在那可以看得很清楚的地方飛翔。「就是田車仔！」這證明這些天來，尾仔動不動就發呆的情形，至少不是中了亡魂仔的邪。金足婆身在陰霾的天氣中，心裡卻是一幕藍天，一片金黃色的稻浪，一隻飛著飛著的田車仔。

兀突站在田裡的阿尾，被雨後吹拂過來的涼風，吹得直打哆嗦，捧在胸前的田車仔也隨他顫抖。他抬頭，在他的視野裡看不到金足的影子才划開第一步。他不是怕金足，也不是討厭她，他怕的是，這個時候兩個人一碰面，不知對方說了什麼、做了什麼而引起的意氣，他就是討厭這個。他考慮不該從前面回家。那個女人總是要說幾句話的，即使不開口，在肚子裡也會嘀嘀咕咕。他斷定金足會說：「好漢就不要回來！」只要他這麼一猜測，渾身就感到不舒服。尤其見了面，誰說話也不是，誰都不說話也不是的，那種尷尬勁真不好受。

金足婆一踏進門，第一件事情就是拿出一套老伴的乾衣服，好好放在進大廳就可以看到的長凳上。才放下去，馬上又拿起來。她想，這個死人筋都打了結了，什麼事情都為反對而反對。你要他換衣服，他偏不換。把衣服放回櫥子裡，才把櫥門關上，心裡又覺得不對。平時就替他準備衣服慣了，這次明知道他需要換衣服，反而不為他準備。要是讓他反咬一口，豈不是冤枉。想一想，又把衣服取出來。考慮了一下，把它放在床沿就當著摺疊好的衣服，還沒收進櫥裡。如果對方怪她沒準備理他，衣服不就擺在這裡？對這一個進可攻、退可守的位置，好像下棋落準了一個子子。為了迴避和青面雷公照面，她到後頭豬圈繼續剁豬菜。雖然剛才被老伴無理的、令人不愉快的冷遇對待，心裡還是因為文通就要回來了，還有剛剛衣服擺對地方，再者就是她發現尾仔幾天前就是為了田車仔發呆的種種，心裡還是很高興。眼睛看準左手握著壓在砧板上的番薯藤，右手的菜刀一刀一刀地剁，番薯藤一寸一寸地散開，腦子裡卻是一片金黃色稻浪，藍天下，一隻田車仔一而再、再而三地重複在那裡飛著。「沒錯，就是田車仔。」可是才這麼有把握肯定自己的答案，突然一個疑問擊過來。

「尾仔為什麼要對田車仔發呆？」

「他冒這種雨捉田車仔？」

吃嘛？鬧饑荒也沒人吃田車仔。養？誰養過田車仔。剁豬菜的動作一停，把菜刀砍入砧板固定，人和刀子一樣愣住不動。前些時還算愉快的心情，一下子換過來了。她陷入困惑不解，同時感到受自己提出的疑問所騷擾。認真去想它又得不到答案。不想它嘛，它又在腦子裡糾葛。一張受困而僵住了的臉，給阿尾一腳踩進來的同時踩破了。大家都為了不想碰面而碰面的情形嚇了一跳。阿尾為了這個意外的驚嚇，嚇得覺得好笑，他忍禁了笑聲往裡鑽。金足卻只顧低頭，舉起菜刀又機械地剁豬菜。至於尾仔要做什麼，她只有剁豬菜等著怎麼辦。阿尾捧著田車仔在屋子裡繞了一圈，由於剛剛差些笑出來，雖是忍禁住了，心情也輕鬆多。他並沒有急著解決身上的濕衣服和受涼，本想叫喊出來問問金足東西在那裡，但又覺得突然。剁著豬菜的金足，心在裡面，她往裡探頭聽聽動靜，不料一身濕淋淋的尾仔，從裡繞出來而又把她嚇了一跳。這次阿尾是忍不住了。他帶著笑聲問：

「我們以前不是有一個雞籠子嗎？」

「你還沒把衣服換下來！」

「我跟你說雞籠子，你跟我說衣服。」

二

金足婆很快地就摸清楚有了田車仔之後，和尾仔的生活秩序。只要不反對養田車仔，不問有關田車仔的把柄出來，全都和過去一樣。

田車仔罩在雞籠子裡已經養了三天了。牠開始會站起來，但是兩根細長的腳一直抖顫不停。阿尾說是農藥中毒未退，金足說幾天來都沒吃魚腥。只要對田車仔有好處，阿尾都聽得進去。近中午的時候，阿尾提著塑膠桶和一隻畚箕回來。看他兩隻褲管捲得高高的，全都濕了，金足還以為他捉了不少泥鰍，而感到訝異。

「有嗎？」

「有一區屎咧！有。」

「我才在想，從有了這些工廠之後，大坑罟就看不到泥鰍、田螺、三斑、水龜仔、蛤仔，可以說水裡的活物都沒了。你怎麼會想到去捉泥鰍？」

「怎麼知道。只是想隨便去捉捉看，那知道全都死光光，連一條泥鰍影子都沒有！」

阿尾放下手裡提的東西，蹲在雞籠前看著田車仔。「有沒吃？」

「我把吃剩的魚頭拌飯，沒看到牠動。」接著金足愉快地說：「但是魚頭引來了蒼蠅，我看到牠啄來啄去，不知道吃到了沒有？」

「真的！」阿尾也高興起來。「我看不會死吧。」

吃午飯的時候，阿尾還像個小孩，面不全向桌子，斜向雞籠，一邊扒飯一邊勾著眼睛看田車仔。金足想說幾句話，馬上又提醒她不要換來不高興。她把話扯到另一個地方去。

「菜市場人家賣的那些泥鰍是哪裡來的？」

「養的啊！像養鰻養蝦那樣養的啊。」他看了一下金足，又轉向田車仔說：「一斤泥鰍一百六十塊。牠沒有那個福氣。」

「什麼?!一斤泥鰍可以買四斤雞啊！」

「你才知道。」

「我們小時候，泥鰍就等於泥土，誰要？抓多少都拿去餵鴨子。……」

「以前以前，以前還用說！以前我的祖奶奶不死的話現在也還活著哪，以前。」這樣的話語令金足以為又說錯什麼惹他生氣。停了一下，他又說：「以前我們這裡哪有工廠？哪有工廠放毒水？以前，……」

「說到工廠，不說還好，那還不是你們當時，……」金足剎住自己的話，看看對方。

「我知道你要說我什麼。」阿尾笑起來了。

看到尾仔又有說有笑，金足就說：

「我看那時候大家都瘋了，大家好像中了邪術及喝了那個姓楊的符仔水，全庄頭都中了選舉病，特別是你們這些男人，……」

阿尾臉帶笑容瞇著眼睛，聽金足說：

「你們這些男人就像螞蟻，一碰頭就講話，一句兩句也好，就是講選舉的事，拜託來拜託去，晚上說夢話也拜託拜託拜託，……」

「太誇張了，冤枉人。」阿尾愉快地笑。

「冤枉？田裡雜事也不管了，到處去替那個姓楊的拜託拜託。我拜託你去巡巡田水，千拜託萬拜託，拜託不動就是不動。還說很忙。找文通嘛，十一、二歲小孩，也跟你一樣，跟你到處跑，兩個人回到家還是談不完選舉的事，談得滿臉通紅，……」

「啊！你看，田車仔吃到蒼蠅了。」阿尾突然打斷了金足的話，興奮地叫起來。

金足看看正在呑蠅蟲的田車仔，看看莫名其妙不知在高興什麼的尾仔。有點失望地說：

「我在跟你講選舉的事，你在跟我說田車仔吃蒼蠅。」

「我在聽，你說我和文通回到家也談選舉，談得起勁臉都紅了。對不對？」他笑著。

「我還以為沒聽見。」停一下吃幾口飯又說：「我沒說錯吧？真的，全庄頭都發燒了。整個大坑罟，……」

二十多年前，在這種窮困的鄉下，不管大小選舉，國民黨除了在城裡，很少在這種地方挖得到票。但是這一次不同了。國民黨在當地的學校，推出一名校長出來競選鄉長。他在政見發表會中說：

「宜蘭縣為什麼會窮？因為我們代代都是拿鋤頭種田的。在蘭陽平原裡又為什麼我們最貧窮？因為我們農不農，山不山，漁不漁。所以本鄉的年輕人都往外跑，到外地討生活！……

「羅東鎮為什麼比較有錢？因為他有四結中興紙廠、肥料廠、被服廠、製材所各種各樣大小的工廠很多。工廠使多少人有固定的收入，養多少人的家庭，使多少人的子弟有機會念書讀大學。……

「你們大家選我當鄉長，我絕對有辦法在任期內，說服臺灣最大的企業，來我們地方設廠。那時候你們的子女可以到工廠工作，賺的錢就是多餘的。俗話說『吃要吃好，做要輕巧。』就是這樣。還有，子女也不必到外鄉討生活，免得你們在家擔心。……」這些話，叫當時無黨無派的候選人，從他口中所喊出來的「民主」、「自由」、「平等」、

「人權」都變成空洞的口號。

罩在雞籠子裡的田車仔，一直試著啄取蒼蠅。看牠伸出長長的脖子，等著細長晃動的腳站穩之後，才採取攻擊。但是不能配合得當，往往是蒼蠅飛了，嘴巴的喙尖才到。這種慢半拍的動作，叫阿尾覺得有趣。

「呀！吃到了，又吃到一隻了！」

金足懶懶地抬頭：「早就看過了。」

「可惜腳還很軟。」停了一停。「發瘋也像是一種傳染病。你怎麼只怪我，大家都瘋了。」

「特別是大坑罟。照道理我們溪南是蘇澳鎮，是選鎮長。他們溪北是冬山鄉，是他們在選鄉長。結果我們鎮長沒去選，大坑罟人都過溪去替人拉票。你說這瘋不瘋？」

「這有什麼瘋？人家說好，工廠要設在溪邊這裡啊。又吃到了。」他看著田車仔：

「我看不必買泥鰍給牠吃了。」

「什麼？你要買泥鰍給田車仔吃？」

「我只是這樣想，緊張什麼！」

「我真不能了解，……」金足把話吞了。

「不能了解什麼？」聲音有點緊。

金足本來不小心要問他養田車仔做什麼，馬上又想到可能會惹引老伴的不快。隨便找一句嘛，除了想問他為什麼要養田車仔之外，又想不出什麼。只好又說：

「大家都瘋了，整個大坑罟都瘋了。」

「這句話你要說幾遍？」阿尾從吃午飯開始，這才算第一次轉過頭好好看她。「大概快一百遍了吧。」

是說了很多遍沒錯，金足心裡明白，但是這一次可是無意中說的。看尾仔的責問，倒不是生氣，思想也暢通，話自然就接上去。

「你說不是瘋，為什麼後來大家發誓不理政治不碰選舉，後來，後來大家又跟第一次一樣，庄頭到庄尾都燒起來。這不是都瘋了？」

「瘋了？」阿尾看著田車仔，連不講理的霸道也沒了似的，輕輕地說著。

是不是該承認那是不是瘋了，那是另一回事。整個事情的記憶都還那麼清楚。

姓楊的當選為鄉長了。因為黨的支持，很快地把鄉公所公共造產的土地，幾乎是半送地將它送給商人。工廠設立了。那開始讓村人看來象徵著他們步入現代化的煙囪，夜以繼日地噴出濃濃黑煙，覆被五六公里方圓。幾年以後，農民才發現農作的嫩芽和幼苗的枯萎，和煙塵有絕對的關係。同時發現身邊的溪流，和飲用的井水都有一股難聞的怪味。村裡的年輕人沒幾個到工廠上班不打緊，污染的問題時間一拖，問題越來越嚴重。

過去不曾有過的，說不上病名的皮膚病在村子蔓延，有幾個壯年不該死的時候死了。這麼一來，有些根本和工廠無關的事情，也都記在工廠的帳上去了。

老一輩的村人經常說，「我們大坑罟的人最單純了。根本就不必設什麼官廳。」就因為這麼單純，他們一旦想找官廳陳情，急了一段時日，始終找不到門路。

「找官廳？官廳找你簡單。你找官廳？」大家的經驗支持了這句話。於是同意用抗議的方式提出控訴。經常參加黨開會的村幹事，在村人還沒跳牆之前，說是要解決問題，召開臨時的村民大會。

「問題總會解決，請大家不要衝動，當心被共匪利用和煽動。……」

「村幹事，你這麼說這裡有人是阿共仔、共匪仔囉。」一群眾的笑聲，鼓勵了有點怯怕的這位村民說：「我們出生在這裡，那裡也沒去過，我們怎麼會變成共匪仔？」

「不，不，話不是這麼簡單。共匪無孔不入，無所不在。還有臺獨也一樣。我們千萬要小心。……」

阿尾想到這些突然笑起來。金足看了他一下，阿尾接著回答她那一眼的疑問。他說：

「想到得根仔的兒子大欉就好笑。那晚你不是也在場？」

「我們女人都在後面，有些話都聽不清楚。你說大欉怎麼樣？」

「他說，」阿尾又笑起來。「大檔他說，『村幹事，你的話怎麼和教會來傳教的一樣？他們也說上帝無孔不入，無所不在。』」

「我記不得了。」她覺得好笑。「村幹事怎麼說？」

「說不要開玩笑。連說了好幾遍。幹他媽的，自己說人家開玩笑，後來警察就常常到得根家坐坐。」

幾年來這麼大的房子只有他們兩個，同時年紀也到了回憶多於夢想，有時間就是敍敍過去，很多事情都是一而再，再而三地重敍著。可是，像選舉和工廠這一類的，偏向外頭的事情，倒是少有，無意間談起來，覺得新鮮有趣。所以飯是飽了，話卻覺得還沒說夠。

「喲喲，你看。田車仔又吃到了。」金足有意無意地為了融洽，也覺得有趣地叫著。

「看到了。」阿尾反而顯得沒有先前熱中。因為他繼續地想著過去的那些事。他深深地嘆一口氣說：「對，大家都瘋了。」

這句從剛才談話到現在，金足是說了很多次，多到讓尾仔感到厭煩。然而現在竟聽到表示厭煩的人也有同感時，反而叫她自己也給弄糊塗了。

「你是說……」金足未能了解對方的意思。她問。

「你不是一再地說大家都瘋了嘛。」

「噢！是說這個。」金足得回信心說：「是啊，後來還不是一樣。……」

「真的，後來更厲害。瘋了！」

大坑罟的村民，在村幹事特別提出戒嚴法戡亂時期臨時條款，還有有關叛國、擾亂社會公共秩序的種種罪行，並向大家詳細而具體的說明之後，那個晚上，一個巨大無比的，冷血的陰影就罩住了整個村子，覆蓋著事實的真相。每一個村民的心頭也都被冷冷的吸盤懾附在上面。等到楊鄉長連任兩期即將退任之前，一個真實的消息走漏，一夜之間，全村子裡的人都知道，姓楊的退任之後，馬上就轉入工廠的公司內部當一個高級主管。同時全村子的人也才明白過來，過去他們是被利用了，被金光黨欺騙了。知道整個事情都是事先計謀好的騙局。

「那時候，文通說得一點也沒錯，說只有金光黨才會騙鄉下人。說得縣政府人和工廠的人都翻白眼。」他得意地說。

「都是你寵壞他，他才亂說話。」金足望著在籠子裡啄蒼蠅的田車仔又說：「其實他跟你一模一樣。」

「跟我一樣有什麼不好。」

「愛帶頭，大頭病。」

阿尾被說得像搓香港腳的感覺時，聽到一聲重複金足的話當問話說：「大頭病？誰是大頭病？」之後，影子一閃，連發踏進來了。

「連發，吃過飯沒有？」

「吃了。現在？」連發還沒落座就被田車仔吸引住了。「那不是田車仔嗎？養牠幹什麼？」

金足心裡好高興，她不敢問的，現在連發替她問了。她看著尾仔等他怎麼說。

「沒做什麼。好玩嘛。」他的回答自己也似乎沒什麼信心。原因是三天前捉牠回來就沒想過他為什麼要捉田車仔回來養。現在連發問，他想了一下，自己也說不出所以然。但是對田車仔的興趣，或是不知覺在心底有一份重要性的事實，那是沒有變。

連發對養田車仔的事，沒一絲好奇，也就不再問下去。金足失望了。

「這幾天你怎麼沒去廟裡聊天？大家還以為你生病了。」連發說。

「他哪裡生病，為了這隻寶貝田車仔。」金足故意把問題拉回來，希望連發追問下去。

可惜連發腦子裡早就有一個問題，也是代表廟裡那些老朋友的關心。他問：「文通不是快回來了嗎？大家說希望吃吃豬腳麵線替他消災，然後大家要一起請他喝幾杯啊。」

「下個禮拜。」阿尾興奮的說。

「下禮拜？那就快了。」

「我們剛才也正在談文通仔，也談選舉，也談工廠。……」金足說。

「說不完的！」連發嘆口氣又說：「廟裡不是常常講，好像在講三國志咧。尾仔和文通都是裡面的大角色。」

「哪有?你才是大角色。」金足高興的。

「我啊，我是甘草，我是撐旗軍仔、黑卒子，每齣戲都有份。」

他們說著說著，有三個人談往事，互相補充來補充去，很多細節的地方也談到，而使整個往事，漸趨豐富，談者的興趣亦濃厚起來。

「大家又像瘋子一樣，比以前更狂。……」連發也沒經過暗示，一開頭就說「大家都瘋了」。

第八年的鄉鎮長選舉，本來大坑罟人對選舉已經很反感，甚至於發誓不再聞問選舉的事了。可是，聽說一個無黨無派的候選人，他沒有其他政見口號，他唯一當選鄉長的願望，即是要把設立在溪邊的工廠請走，請不走就把它拆掉。聽到這樣的聲音，長久以來受害最深，又無處申訴的大坑罟人，真的就那麼樣地再度瘋起來，自己的鎮長不選，跑過河去幫別人的鄉長候選人拉票。

「那時你們家的文通好像是二十出頭吧，他也上臺助講你還記得吧。」連發帶著誇讚的口氣說：「老實說，大家都認為你們家的文通雖然書念得不多，但是比起候選人讀過大專的更會講話。人家說他講話條條有理，不怯場，聲音大，給他的掌聲最多。」

「呀！愛站封神臺了。叫他不要，他說頭都叫人洗了沒剃怎麼行。」話是這麼說，金足心裡還是覺得幾分欣慰。

「那裡，我們村子就是缺少這種人；上臺會拉會唱，下來要擔要壓隨他。」

「你們這些抬轎子的，我家文通就是被你們抬上去的。」

連發笑著偷偷指身邊的阿尾。阿尾知道連發在說他。他只顧張嘴沒出聲音地笑。

黨提名的候選人，頂著前任的惡名，徹底地落選了。決心要請走工廠的候選人，得票搖搖領先當選了。村子裡還演野臺戲《陳世美反奸》慶祝。溪北選區的鄉民，調侃大坑罟個人說：「人家吃米粉，你幫人家叫燙。」村民接著就是等新任鄉長，怎麼去把工廠請走，或是拆掉。

第一年，鄉長說：「請一個大工廠走，跟請一個人走不一樣啊，沒那麼簡單。」

這一點大家可以明白。應該等。

第二年，鄉長說：「上面已經知道這件事了，並且很重視。」

大家聽了很高興。可以等。

第三年，鄉長說：「快了。」

大家認為那麼多年都挨過來了，即使說慢，只要能把工廠遷走，時間倒不是問題。

再等吧。

第四年，鄉長常常不在。主任祕書說：「根據專家學者的評估，這所工廠在我們這裡，利多於弊。所以不要輕言趕走工廠。」

後來，有一天晚上，鄉長在羅東鎮的一家餐館，被文通仔他們碰到，在議論拉扯之間，跑去打電話叫警察的人，被人阻止了。那人說：「選舉又快到了，就讓這件事情爛，越爛越好，發臭越臭越好。就讓他們見報，就讓他們去傳。這樣對本黨才有利。」

第二天，報紙拿了文通罵鄉長的話，但只取半句當標題。「欺騙鄉下人，無派無黨也是金光黨」。

才從陸戰隊退伍回來的文通，不管報紙是怎麼扭曲了他的話，一上了報，在地方上一夜就成了英雄。

「總講一句話，文通仔是失栽培。不然，這孩子不得了。」連發站起來，要走之前感慨地說。

「還早。去哪裡？再聊聊吧。」阿尾說。

連發已下了簷階了。他說：「聊不完的，像三國志嘮嘮長的。走了。」

客人一再地肯定文通聰明能幹，年輕有為，使兩老聽起來心裡不無安慰。但是，最後臨走之前，又說什麼什麼不然，這孩子不得了。他們不約而同地目送連發，看連發消失在竹圍的出口時，兩人同時感到，剛才在這屋子裡擁有的什麼，一下子都被抽空了。要不是適時一隻老貓逼近雞籠咧嘴舞爪，讓阿尾緊張地喝叫，恐怕都會窒息掉。

「不要打牠啦。今天還沒餵牠。魚頭本來是牠的。貓咪！過來。」

老貓聽話地走到金足的身邊，依著她的腳摸身。「走開，不怕我踩到你。」

阿尾蹲在雞籠邊，說他在看田車仔，倒不如說他被田車仔吸引住了。

過午後，才斜進來的陽光不見了。

一聲比一聲接近的雷聲，好像把雨趕到濱海公路那邊來了。金足撇開老貓，趕忙地跑出去替屋簷外的幾只醬甕加蓋。看田車仔看得入神的阿尾，被金足一聲「咻——，虎來啦——」把他叫醒。他懶懶地站起來，一手高高地扶著門框，一手插腰地望著外面。一聲大概越過公路的雷聲，不知讓老人家想起什麼，他自個地在那裡笑了起來。

三

沒有幾天，田車仔的雙腳不顫抖了，對剩飯剩菜也不挑嘴。飛進來的蒼蠅，沒有一隻再飛出去，無聊的時候還會拍拍翅膀，想像在天空飛翔。

「不會死了。」

「現在是怕牠飛掉，才不是怕牠死。」阿尾說著摸摸壓在雞籠上面的砧板。

「你說我們真的聽那孩子的話，不去接他？」金足問。

「我也很想去接他。但是他說得那麼肯定，我們去了恐怕他會不高興。」阿尾踱回來說：「就依他的意思好了。」

「你這個人也真是的！」

「不然你來決定好了。」

金足自己又拿不出主意。只在那裡反覆地擦飯桌。有一會了，她以為老伴會再提出什麼辦法，結果只見他沉默在那裡看鳥。仔細看他的神情，又不像是在看鳥。他面對著鳥發呆，就像前些天探監回來，在途中望著天邊發呆一樣。金足自己認為她知道尾仔在發什麼呆。本來想問個清楚，到底去不去接文通回來的話也不問了。她想著尾仔正在凝望的那一片田野，那機械地抹著桌子的手不動了，一隻田車仔優雅地在金足的腦海裡，飛呀飛呀地飛著。

沉默下來的安靜，輕輕地驚擾了蹲在那裡的阿尾。他回頭看到金足的瞬間，也稍稍嚇了一跳，因為他以為金足已不在那裡了。金足愣著。他莫名其妙地不高興著。「怎麼了？」

「什麼怎麼了？」金足自己一時也不清楚她回答了什麼。只看到老伴差不多五官都縮在一塊的苦臉。

「接文通回來的事啊！」

「我問你啊。」

「問我，問我！我不是說過了！問我！」

「是啊，到底去不去？」金足還是抱著希望，想聽到尾仔說「去！」

阿尾氣得把板凳踢倒。其實他心裡和金足一樣，很想去接文通回來。可是又怕文通不高興。他想文通一定會很不高興。突然，他很痛苦地叫了起來：「這孩子像一頭蠻牛你也不是不知道！」說著氣呼呼地往後頭出去。

這時，金足完全能夠體會尾仔，那看來似乎無理取鬧，動不動就愛發脾氣的心情了。是的，這孩子。她這樣想著。

文通服役回來之後，沒有幾年，原先有的工廠沒遷走，接著化工廠、水泥工廠來了好幾家。他們聯合起來，成了更不可動搖的勢力。在這個縣內，他們勞軍捐獻第一，議員集體觀光考察他們助一臂之力，慈善活動不後人，各種大眾傳播機構的周年紀念，他們不忘刊登祝賀廣告等等。這一切所謂的公關，對大坑罟的人而言，沒有一樣辦得到的。到頭來，只有一個結論，那就是「誰叫你們要住在這些工廠的下游」。

本來大坑罟兩百多戶的居民，靠著出海口一帶的魚苗場，撈魚苗維生。他們在冬至前撈烏魚苗，三月初到九月之間撈虱目魚苗，九月底到春節撈鰻苗。一年大概有十二萬元左右的收入，再加上一點農產品的收入，勉強可以維持生活。但是，從上游有了工廠排放廢水之後，魚苗被毒死了，少數沒被毒死的魚苗，中毒之後失去健康，要是魚苗市場知道來路，大坑罟的貨也就冷門，收購魚苗的批發商之所以肯買他們的貨，第一，可以殺價。第二，把便宜貨混在其他地區的魚苗賣出去，可以獲得暴利。很顯然的，大坑罟越來越難討生活了。一年的平均收入五萬元不到，農作的貼補，也因為上游水泥廠的採土，破壞了水土保持，早幾年前就被波蜜拉颱風帶來的洪水，沖失了大部分耕地。到目前兩百多戶的住家，只剩下十多公頃的土地，其生產對低收入的他們而言，他說換累不換飽。另外除了沒什麼魚苗可撈之外，遇到工廠每四天，或是五天不等地放出惡臭的黑水時，只要身上有一丁點傷口，一碰了這種廢水，當時扎痛不說，日後的潰爛更為困擾。幾年來，大坑罟的女孩子嫁出去的大有人在，男孩子把外地的女孩子娶進來的，相對地就少了很多。在這種情形下，離開大坑罟的人就有一百多戶人。他們都搬到其他鄉鎮，無法改行的，都擠到新竹南寮的漁村，還是以撈魚苗維生。可是，一時有那麼多人湧到南寮，造成當地的魚苗業，在個人的收入，馬上就被分掉一半。南寮人極力排斥大坑罟人；乃至於發生械鬥的事。

文通他們，把被南寮人壓在海裡溺死的金澤，運回大坑罟安葬之後，他們年輕人談啊談地，談出一個結論。他們說，如果一定要拚個死活，那也該要跟工廠拚。工廠這些商人有議員做背景，那也要找出議員拚。總而言之，跑去南寮就不對。更不對的是，跟自己一樣辛苦撈魚苗的人拚命。有了這樣的結論，對象看準了，路痕更清楚了。有關單位不敢愛理不理，至少也虛應了一下。

當縣府的人會同警察單位和工廠的人，在文通他們提出抗議之後，做第二次取水樣的時候，一群人發生爭執。

「放毒水的時候叫你們來，你們不來。今天你來做什麼？」文通帶頭地說：「並且你們今天來了，我們又不知道。」

「少年的，你說話差不多一點好嗎？你以為我們要會同好幾個單位那麼簡單？開玩笑！」縣府的人說：「來做第二次的取樣，你該偷笑了！」

「偷笑？像你們這樣偷雞摸狗的取樣，再來一百趟也一樣！」大坑罟的青年，阿進氣憤地說。

「什麼偷雞摸狗？我們是來幹公事哪！」

「幹公事？第一次取樣的毒水，到了鎮上，廠方請你們吃飯，你就把水倒了一大半加入自來水，這叫幹公事！……」阿進還沒完，對方就大聲叫起來，而打斷他的話。

「你要為這句話負責！你一定要說明清楚。你說。」那個兩手握著空塑膠瓶的公務人員逼近他問：「你一定要說！」

「大家好好談嘛，……」警察插嘴相勸。

「你一定要說！不然你要負責。你的話大家都聽到了。……」

「說！說就說嘛，誰怕誰……」

「阿進！」文通一夥，阻止了阿進，不讓他說出，在那家餐館廚房裡做助手的，那一位大坑罟的少年提供的消息。「你怎麼可以劈柴連柴砧也劈！」

其實那公務員一聽到換水的事，也叫他們知道的時候，心裡慌張了起來，因此用大聲的聲音，想壓過對方。現在一看對方不敢說出誰說的，就用很是得理不饒人的氣勢逼人。

「你誹謗！你妨礙公務！我要告你！我一定要告你！」

「你，你去死好啦！你去告。」逼得阿進不回他一句，好像很沒有面子。

結果，在旁的人做和事佬的，或是乘機訓訓人的，還有不甘示弱的，看不慣傲橫的，多多少少都開腔說話。由於吵雜加上海灘上的潮聲，每個人的話都變得很大聲，話裡的意思也被誇大和扭曲。兩邊聽起來都不是滋味，越不是滋味，話也就越偏離本題。在激動的言辭衝激下，推推拉拉難免發生。

「我只要公事照章辦理，快慢我不知道，毒死，那是你家的事！」

「你再說一遍試試看！」文通很生氣地揪住對方的胸口。

幾個人上前想拉開都拉不動。

「我知道你是海陸仔，我打不過你，現在又是在海灘。你敢你就打吧！打吧！」

文通右手的拳頭握得出汗，心裡一直叫自己忍耐，他知道一開口，事情也會爆發。他用怒眼瞪著對方。被揪住胸口半提上來的人，身軀是軟的，嘴巴還逞強，而用不屑的口氣激怒對方說：「老實講，我公事照章辦理，快慢我管不著，毒死了，那是你家的事。怎麼樣？我說得夠清楚了吧。」

文通舉起拳頭，阿進趕快抱住他的胳臂。

「文通！不行！」

「文通——，文通——……」金足聲聲地叫喊聲。

「金足婆來了。你放手。」

文通握著拳的胳臂是放鬆了，對方的嘴巴卻反過來揪住文通的怒氣不放地說：

「打啊，有種就打啊，……」

金足邊喊邊跑近來了。

「文通——，不能打人啊——。」

「有種就打啊，……」言下之意，叫文通覺得不打下去，就顯得沒種。

文通用力要掙脫阿進的緊抱。

「文通！不能打。」阿進似乎知道海陸仔落拳之後的嚴重後果。他害怕地叫著：「會打死人的！」

「莊文通，你傷人我就抓你！」警察想拉開他們。但是沒用。

「我屭鳥咧！他不怕我們大坑罟人死，我還怕他死。」

「好啊！打死我好了。」

「你不要再說啦！」警察生氣地叫起來。一邊又對文通說：「走走，統統到派出所來。走。」還是拉不動。

「警察也一樣。不要碰我！我會連你一起丟到海裡餵魚！」文通狂起來了。

「打啊，……」那個人臉都白了，身體也癱軟了，就是那一張嘴，還帶著怯怕而表示不怕地說。

話都還沒讓他說清楚，阿進才想再用力抱牢文通的胳臂，這都來不及了。一記重拳，把對方的眼鏡片碎碎地連著金邊的鏡框，一起嵌入左眼裡去了。

自從莊文通因為重傷害和妨礙公務等數樣罪，被判刑入獄之後，那一帶又多了幾家工廠，烏煙濃濃，污水長長。這村子裡，實在待不住的人家，一個一個搬出去了。像莊阿尾和金足他們人丁少，生活負擔少的人還留著。但是，也有不少的人，搬到外頭沒辦法適應的，又搬了回來。總而言之，大坑罟的人口少了一大半。對選舉的事，他們集體地患了冷感症。

四

金足和阿尾商討的結果，決定順文通的意思，不去龜山監獄，就留在家裡等他回來。幾天來，阿尾把厝前厝後的竹葉、雜草，還有籬笆、水溝都整理得整整齊齊。金足把屋裡屋外打掃、洗刷得乾乾淨淨。所有他們認為歡迎文通回來的工作，全都在盤算好的今天做好。早就燉爛了豬腳，它的醬油焦味和油香，從廚房溢到廳頭。廳頭神龕案頭的香燭，還有懸在三界公爐後的一串香環的香氣，也瀰漫到廚房。

金足被一股喜氣擁過來擁過去，該做的事都做了，閒下來，反而叫她在屋子裡忙著踱來踱去，面對一段空白的時間感到難耐。

才從屋裡走出去的阿尾，又走進來了。他的心情完全和金足一樣。

「你香環是鎮上北門仔那裡買的？」見了尾仔走進廚房，金足怕沒事地問。

「我不是告訴過你了嗎？」

「我是說味道真香。」

「對啊。我剛才在竹圍外面也聞到了。這下可把田頭田尾，大坑罟的土地公都誘來了。」阿尾愉快地說。

「夠了，夠了。不夠再買。」

「你怎麼知道夠不夠？」

「你是說拜土地公？或是我們要吃的？」

「你怎麼這麼三八。土地公真的會吃你的？」他說著，又蹲在廚房門邊，看罩在雞籠子裡的田車仔。

田車仔不但完全恢復健康，還頂有精神地在籠子裡把頭轉來轉去，急著想獲得什麼食物吃。

「這隻鳥真是不知飽。」

「牠能拉當然能吃。」金足也靠過來說：「你看地上拉的那一堆鳥糞。」

「去挑一小塊豬腳皮來讓牠吃吃看。」

「連鳥你也要寵，等晚上文通回來吃的時候才讓牠吃一點。」

「晚上？」阿尾突然站起來，認真地說：「為什麼晚上才回來？說今天出獄。應該一大早就出門。照理說應該到家了。現在幾點？」

「大概，……」金足在猜。

「剛才我在廳頭看了一下，是三點二十分，現在應該是三點半。嗯？」

「那就快到家了。」

這時候，時間像是跟他們開著玩笑，不但偏不要為他們走快一點，乾脆就停下來，看他們兩個怎麼辦著。金足和阿尾焦灼得無言相對。竹圍外一有什麼動靜，兩人就往外看。盼了好幾次，突然一個人影出現在竹圍口，往裡面走進來。「回來了！」他們兩人不約而同地輕叫起來。正要高興，那人唱起歌了。

「豬腳燉爛爛，愛吃的小鬼流口水……」

「誰啊？」在屋子裡的阿尾，一邊瞇著眼看走近來的人，一邊小聲地問金足。

「好像是田嬰吧。」她也沒什麼把握。但是來者多走近兩步，金足看出來了。她大聲地笑罵著：「真夭壽，田嬰仔。」

田嬰一時感到莫名其妙，登上簷階就問：

「沒頭沒尾地說我夭壽是為什麼？」

「你害我們空歡喜一場，我們以為文通回來了。」金足說。

「還沒回來？我還以為回來了。要來吃豬腳麵線哪。」

「有。都準備好了。」阿尾說。

「這孩子就是這麼跟人家不一樣。如果答應我們兩老去接他回來，我們也就不用等得心焦了。」

「等的人當然是這樣。還沒，晚一點就回來。」田嬰說著就坐在屋簷下的地上，一邊掏菸，一邊又說：「有沒有聽到一個好消息？」

「我怎麼知道你要說什麼？」

「你是說我們家文通的事？」金足提高聲音急切地問。

「文通要回來的好消息，你比我更清楚。我是說政府要把出水口沿岸，一直到我們稻田這一邊，全部歸入鳥類保護區。」

「這是幹什麼？什麼好消息？」阿尾不了解田嬰說的話是什麼意思。金足也一樣。

「就是說到了冬天，水鴨金翅仔、天鵝那些鳥飛來的時候，我們不能捉。」

「很少了。要抓都不容易。去年張了三張網，網到幾隻金翅仔也抵不過網子的錢。」阿尾說：「自從工廠設到這裡來，溪水變毒水之後，什麼鳥都不來了，還提什麼水鴨。」

「現在不會了。候鳥保護區設立以後，工廠就不能排放毒水。這不是好消息？」

「有這樣的事？」金足不容易相信地問。

「嗯——！」田嬰長嘆了一下說：「在大坑罟這個地方，做一隻鳥比做一個人有價值啊！」

阿尾睜大眼睛看著田嬰；其實他嚇了一跳，他想開口說的話，竟然一字不漏地叫田嬰先說了出來。本來想說出這樣的一個巧合。但是心一想，只是洩氣地也跟著長嘆一聲。

「你是說那些鳥吃我們的稻子也不能抓？」金足疑惑地問。

「不能。在保護區裡不能。我們的稻田，還有我們現在的住家，全都包括在裡面了。」

「什麼鳥都不能抓？」

「什麼鳥都不能抓！」田嬰回過頭一指著雞籠說：「田車仔、釣魚翁、白鷺……」

「麻雀也不能？」阿尾氣憤地說。

「我不知道，最好不要碰牠囉。」他看到兩位老人家為他帶的話焦慮的樣子，他趕快安慰著說：「你管他麻雀能不能抓，工廠從此就不放毒水，這不是很好？」這樣的話不但不能安慰他們，反而叫他們想到文通就是為了工廠放毒水坐牢好幾年，再說該回來的時候，還沒見到人影。他們轉入沉默，田嬰看到此刻他們不歡迎他的臉色，他知趣地說：

「不用擔心，晚一點就回來了。我有事先走了。」說著站起來拍屁股就走了。

「晚上來吃豬腳啊。」金足說。

「給我留一點。我會來。」

田嬰走後，金足趕快跑到廳頭，從案頭抓六炷香點著。她側頭往廚房叫：

「尾仔。」

阿尾聽到。沒理。

「尾仔。」她更大聲一點叫。

「什麼事?」阿尾不高興地應話。

「香給你點好了。過來拜拜。」

一聽到要拜，阿尾平和地走過去，從金足的手上接過三炷香，和金足並排在案前，唸唸有詞地拜起來。他看到觀世音菩薩的畫像，口裡就唸觀世音菩薩，看到媽祖，看到土地公，灶君，口裡就唸。感覺上似乎諸神都向他露出微笑。他覺得心頭一下子寬鬆了許多。他拜好了，金足還拜個不停。他好像聽到金足跟神提到殺一頭豬的事。他想，金足提的就是現在養在豬圈裡的那三頭吧。

一部機車騎進竹圍來了。金足也顧不及拜拜，回頭往外看。他們同時都看到騎近屋簷來的警員，兩人又互相看了一下。

警員不慌不忙地架好車子，摘下安全帽，對他們兩位笑著說：

「莊文通。」

兩人愣了一下，不知要怎麼回答。

「莊文通怎麼樣?」金足問。

「這一兩天，有空的時候，請他到派出所找我。我叫謝雨生。說找『呷雨』就可以找到我。」

「但是，……」金足看了一下阿尾，把話又吞進去。

「進來坐了。」阿尾說。

「莊文通在嗎？」

「他還沒回來。」

「是啊是啊，他還沒回來。」金足希望一開始就這麼說，她等不及尾仔才說完，她又重複地說。

「什麼？他還沒回來？」警察有點感到意外。「昨天就出獄了。」

「昨天？今天出獄啦。不是昨天。」阿尾說。他看著金足。

「是啊，是今天。」金足附和著。

警察翻開公文夾。

「我已經接到監獄的通知了。你看。」

他們兩人雖然看不懂，至少知道警察說的沒錯。

「都是你在記日子，怎麼記成今天？」阿尾責問金足。

「沒錯啊！二十五號，是今天啊。」

「今天二十六號。」警察說。

「今天二十六號？」

「那他沒回來，會到哪裡去？」阿尾焦急地問。

「我們也很想知道。這樣好了，我回去掛電話查一查。你這邊如果他回來了，就請他到派出所找我，找『呷雨』的。」

看著警察那麼匆忙，並且表示那麼要緊地離開，兩老的焦慮又加上了緊張了。

「昨天出獄？那他會到哪裡去？」

「怎麼辦？我們的文通沒回來。」金足帶著欲哭的聲音說。

「你日子是怎麼記的！」

金足覺得這是很大的過失，她難過得有點害怕。她低著頭不敢看尾仔。突然她想到，日子記錯和文通回來不回來，並沒有絕對的關係。於是她的聲音也大起來了。

「都是你。叫你讓我們去接他回來，你又怕小孩子不高興。這和記錯日子有什麼關係？」

這時阿尾雖對她的任何話都感到厭煩，聽不進耳，但是想了一下，要是他答應去龜山接文通回來就沒事了。他才怪自己，心裡一想，不對啊！然後他生氣地說：

「沒關係？要是我們今天去接文通，還不是沒接到。還說沒關係！」

金足最後還是覺得，記錯日子是不對的。她低下頭認錯時，發現自己手上一直拿著剛才拜過的三炷香，沒把它插到案上的香爐。她回到案桌前，就用手上拿的香，跪下來重新再拜一次。她口裡唸的，比剛才急切，阿尾一個字也沒聽清楚她在唸些什麼。

廳頭的鐘噹噹地響，阿尾側頭一看，是五點了。又回頭看看外頭，天還是很亮，但是，已有黃昏偏黃的淡淡色調。整個思路走入無尾的窄巷，只想到文通去哪裡？是不是不回來？最後他踱來踱去，踱到雞籠前蹲下來，發愣地看著田車仔。這種情形金足已經看慣了，只是不知道尾仔為什麼對田車仔會這樣發愣。她不敢問他，現在也不想知道。目前極度焦灼不安的她，怕一個人在一個地方。她站在阿尾的背後。她也發愣了。所不同的是，竹圍外有點動靜，她還會轉個頭看看。阿尾就不然了。

一段死寂之中，阿尾不慌不忙地站起來，但那神情還是像心不在此。他把壓在雞籠子上的柴砧搬放下來，接著把籠子翻開。

「你要做什麼？」金足驚訝地問。

阿尾像是沒聽到金足的話。

田車仔仍然站在原來籠子罩住的圈子裡，不準備飛走。牠似乎好奇地望了一下阿尾。阿尾輕輕抬腳趕牠。牠只往後退了幾步，又往裡面走過來。

「你要放牠啊？」金足想到尾仔把牠當寶貝，現在怎麼要放走牠而傻了眼。

阿尾還是沒聽金足的話，看那樣子，他根本就不以為有旁人在身邊。他蹲下來。田車仔更靠近他。他很輕易地就把田車仔捧在手裡。然後站起來，往外頭跨出門檻，下了屋簷下的階梯，走到曬穀場的中央。他停下來望著遠遠的天空，把田車仔輕輕地拋出去。田車仔順著被拋出去的方向，就在牠將要掉落的弧點上，展開翅膀，不偏不倚地往前昂首引頸地飛去。阿尾望著牠目送。直到田車仔變成一個不像什麼的小黑點，到看得見與看不見之間，阿尾從很深的凝望中，記起一件往事而叫他從發愣中醒過來。

當文通七歲那一年，也就是他兩個哥哥和一個姊姊在州仔尾過渡船，和一些渡客溺死的那一年。阿尾改變過去對小孩子的暴躁，對文通特別溺愛。文通說他想要一隻田車仔。過後不久，阿尾就想盡辦法，捉了一隻田車仔給他。文通很喜愛這隻鳥。玩沒幾天，在一個早上，繩子一鬆，鳥飛掉了。他哭著要阿尾把鳥捉回來。那天早上，阿尾為了一頭生頭胎的母豬，整個晚上守在豬圈沒睡。文通來拉著褲管，要他去追回田車仔。

「你這孩子眼瞎了，我在忙你沒看見?」

「我不管。我要田車仔。」小孩哭著。

母豬難過地走來走去，羊水破了，小豬還不見出來。阿尾把一碗準備抹在手上，伸手到子宮裡去掏小豬的花生油，移到身邊，對文通說：「這碗火油給我打翻了，我就剝你的皮。」他又累又煩。

「我不管，我要田車仔。」文通緊緊抓牢他的褲管，拉著他不放。

「都死光了！」阿尾生氣地叫著：「讓小孩子到這裡纏我！」

金足趕快跑過來，要把文通帶開。但是小孩不但不聽話，乾脆坐在地上哭得更大聲，把褲管抓得更緊。

母豬一聽人叫和吵鬧，很受騷擾而顯得十分不安。阿尾忍著不再叫，只用怒眼瞪金足。金足用點力要把小孩抱開，小孩踢腳把火油打翻而尖叫起來。阿尾用力抓住小孩的手，把他拉開了。同時小孩慘叫一聲，胳臂脫臼了。阿尾看了這情形，放棄了母豬，抱著小孩去找師父醫手。他除了對小孩感到萬分歉疚，還答應一定捉一隻田車仔給他。那一陣子盡了力也沒捉到田車仔。後來小孩子忘了、不想要了，他也忘了。

阿尾突然記起這一段往事，整個人恢復清醒，他轉過身子，看到金足站在門口對他傻眼時，他露出今天頭一次的笑容說：

「你記得田車仔的事嗎？」

「田車仔怎麼樣？」

阿尾自個搖搖頭笑起來。就在這時候，有個人影像躲著什麼閃入竹圍裡，當他們還沒看清楚是誰，那人開口就叫：

「阿爸！」

「文通！」金足驚喜地叫起來。

阿尾看了一下文通，劈頭就說：

「我捉到田車仔了！」

文通不了解他的意思。但是文通說：

「我看到你放了田車仔了。」

「你看到了？你怎麼看到的？」

「我在前面榕樹下看進來看到的。」

「你早就在那裡？」

「我看到田嬰，也看到警察，所以就等他們走才進來。」

「你早一點進來，我就不會把田車仔放走。」

金足含著眼淚，看著他們父子講話，心裡不停地唸著「南無阿彌陀佛」。

原載一九八七年九月十二～十五日《聯合報·聯合副刊》

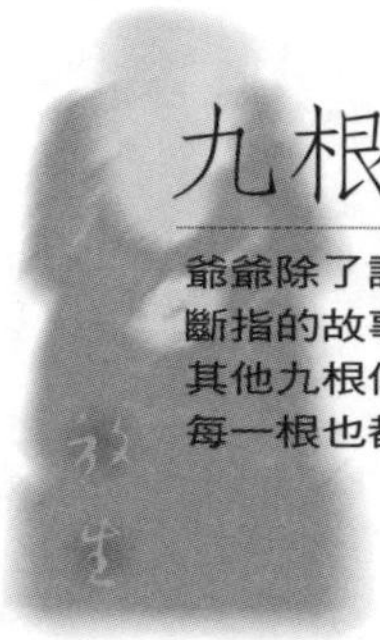

九根手指頭的故事

**爺爺除了說了這個
斷指的故事之外，
其他九根傷痕累累的手指頭，
每一根也都有它的故事。**

蓮花是和爺爺住在山裡長大的。她最喜歡爺爺抱她，家裡也只有爺爺有時間抱她。有一天蓮花知道每一個人都有十根手指頭的時候，她發現爺爺少了一根大拇指。蓮花十分驚訝。沒想到爺爺除了説了這個斷指的故事之外，其他九根傷痕累累的手指頭，每一根也都有它的故事。蓮花她愛聽故事的童年，這些手指頭的故事，爺爺翻來翻去，不知講了多少遍，講到後來，那根斷掉的大拇指，竟然跑到沒有子女的老夫妻家投胎去了。

蓮花慢慢長大，山裡的年輕人，從山頂上像溜滑梯溜到平地，留下來的老年人也不多了。蓮花很久很久沒聽爺爺説故事了，爺爺和山一樣，不再説話。蓮花十四歲那一年，有一位説國語的腔調很怪的老兵，穿過屋子裡面的兩道鐵門，走進蓮花的小房間，蓮花一眼就看到這位老人也少了一根大拇指。她不但沒有看到陌生人進來時的怯怕，反而笑著説：「哈，你和我爺爺一樣，只有九根手指頭。」老兵聽了覺得好不自在。蓮花一邊脱她的衣服，一邊説她的爺爺的事。「妳等一下！」老兵説。蓮花沒聽懂老兵的意思，很快地脱光了衣服，往靠牆的床躺下來，繼續説爺爺的大拇指的故事。「那你的手指頭是怎麼斷掉的？」她邊説邊拍著騰出來的床位。老兵站在那裡愣了一下，懼懼地説：「我，我做你的爺爺好嗎？」蓮花一聽，抓起床邊的衣服遮住身體坐起來説：

「那你怎麼可以跟我睡覺？」

「當，當然。我們不能。」

「那你會不會説手指頭的故事？」

「我的手指頭也有很多的故事。」

「真的！」蓮花高興了一下，又不安地說：「那你還是要給我錢才可以啊。」

「我給我給。現在就給你。你快把衣服穿起來。」

老兵常去找蓮花講手指頭的故事，蓮花也把老兵當著爺爺一樣愛他。但是，有一次有一段不算短的時間，老兵沒去找蓮花說故事。等到有一天，輔導會和另外幾個老兵帶著斷指老兵的遺書來找蓮花的時候，蓮花已不在那裡了。她也沒回到山上。據説蓮花又被轉賣走了。

原載一九九八年五月廿一日《中國時報·人間副刊》

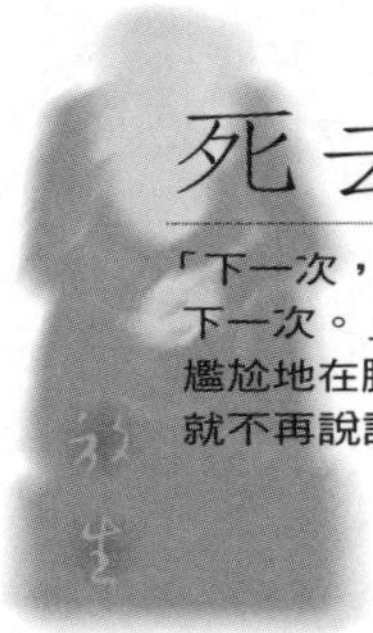

死去活來

「下一次，下一次我真的就走了。
下一次。」她說了之後，
尷尬地在臉上掠過一絲疲憊的笑容
就不再說話了。

3-21-99

不是病。醫院說，老樹敗根，沒辦法。他們知道，特別是鄉下老人，不希望在外頭過往。沒時間了，還是快回家。就這樣，送她來的救護車，又替老人家帶半口氣送回山上。

八十九歲的粉娘，在陽世的謝家，年歲算她最長，輩分也最高。她在家彌留了一天一夜，好像在等著親人回來，並沒像醫院斷得那麼快。家人雖然沒有全數到齊，大大小小四十八個人從各地趕回來了。這對他們來說，算難得。好多人已經好幾年連大年大節，也都有理由不回來山上拜祖先了。這次，有的是順便回來看看自己將要擁有的那一片山地。另外，國外的一時回不來，越洋電話也都連絡了。

準備好的一堆麻衫孝服，上面還有好幾件醒眼的紅顏色。做祖了，四代人也可算做五代，是喜喪。難怪氣氛有些不像，儘管跟她生活在一起的么兒炎坤，和嫁出去的六個女兒是顯得悲傷，但是都被多數人稀釋掉了。令人感到不那麼陰氣。大家難得碰面，他們聚在外頭的樟樹下聊天，年輕的走到竹圍外看風景拍照。炎坤裡裡外外跑來跑去，拿東拿西招待遠地回來的家人。他又回屋裡探探老母親。這一次，他撩開簾布，嚇了一跳，粉娘向他叫肚子餓。大家驚奇地回到屋子裡圍著過來看粉娘。

粉娘要人扶她坐起來。她看到子子孫孫這麼多人聚在身旁，心裡好高興。她忙問大家：「呷飽未？」大家一聽，感到意外地笑起來。大家當然高興，不過還是有那麼一點覺得莫名的好笑。

么兒當場考她認人。「我，我是誰？」「你呃，你愚坤誰不知道。」大家都哄堂大笑。他們繼續考她。能叫出名字或是說出輩分關係時，馬上就贏得掌聲和笑聲。但是有一半以上的人，儘管旁人提示她，說不上來就是說不上。有的曾孫輩被推到前面，見了粉娘就哭起來用國語說：「我要回家。我不要在這裡。」粉娘說：「伊在說什麼？我怎麼聽不懂。」總而言之，她怪自己生太多，怪自己老了，記性不好。

當天開車的開車，搭鎮上最後一班列車的，還有帶著小孩子被山上蚊蟲叮咬的抱怨，他們全走了。昨天，那一隻為了盡職的老狗，對一批一批湧到的，又喧譁的陌生人提出警告猛吠，而嚇哭了幾個小孩的結果，幾次都挨了主人的棍子。誰知道他們是主人的至親？牠遠遠地躲到竹叢中，直到聞不出家裡有異樣的時候，牠搖著尾巴回到家裡來了。腦子裡還是錯亂未平，牠抬眼注意主人。主人看著牠，好像忘了昨天的事。主人把電視關了。山上的竹圍人家，又與世隔絕了。

第二天清晨，天還未光，才要光。粉娘身體雖然虛弱，需要扶籬扶壁幫她走動，可是神明公媽的香都燒好了。她坐在廳頭的籐椅上，為她沒有力氣到廚房泡茶供神，感到有些遺憾。想到昨天的事；是不是昨天？她不敢確定，不過她確信，家人大大小小曾經都回到山上來。她心裡還在興奮，至少她是確確實實地做了這樣的一場夢吧。她想。

炎坤在臥房看不到老母親，一跨進大廳，著實地著了一驚。「姨仔！」他叫了一聲湊近她。

「你快到灶腳泡茶。神明公媽的香我都燒好了，就是欠清茶。我告訴神明公媽說，全家大小都回來了，請神明公媽保庇他們平安賺大錢，小孩子快快長大念大學。」

炎坤墊著板凳，把插在兩隻香爐插得歪斜的香扶直，一邊說：「姨仔，你不要再爬高爬低了，香讓我來燒就好了。」他看看八仙桌、紅閣桌，很難相信虛弱的老母親，竟然能搆到香爐插香。

「我跟神明公媽說了，說全家大小統統回來了。……」

「你剛剛說過了。」

「喔！」粉娘記不起來了。

炎坤去泡茶。粉娘兩隻手平放在籐椅的扶手上，舒舒服服地坐在那裡，露出咪咪的笑臉，望著觀音佛祖媽祖婆土地公群像的掛圖。她望著此刻跟她生命一樣的紅點香火，在昏暗的廳堂，慢慢地引暈著小火光，釋放檀香的香氣充滿屋內，接著隨裊裊的煙縷飄向屋外，和濛濛亮的天光渾然一起。

不到兩個禮拜的時間，粉娘又不省人事，急急地被送到醫院。醫院對上一次的迴光能拖這麼久，表示意外神奇。不過這一次醫院又說，還是快點回去，恐怕時間來不及在家裡過世。

粉娘又彌留在廳頭。隨救護車來的醫師按她的脈搏，聽聽她的心跳，用手電筒看她的瞳孔。他說：「快了。」

炎坤請人到么女的高中學校，用機車把她接回來，要她打電話連絡親戚。大部分的親戚都要求跟炎坤直接通話。

「會不會和上一次一樣？」

「我做兒子的當然希望和上一次一樣，但是這一次醫生也說了，我也看了，大概天不從人願吧。」炎坤說。對方言語支吾，炎坤又說，「你是內孫，父親又不在，你一定要回來。上次你們回來，老人家高興得天天唸著。」

幾乎每一個要求跟炎坤通話的，都是類似這樣的對答。而對方想表示即時回去有困難，又不好直說。結果，六個也算老女人的女兒輩都回來了，在世的三個兒子也回來，孫子輩的內孫外孫，沒回來的較多，曾孫都被拿來當年幼，又被他們的母親拿來當著需要照顧他們的理由，全都沒回來了。

又隔了一天一夜，經過炎坤確認老母親已經沒脈搏和心跳之後，請道士來做功德。但是鑼鼓才要響起，道士發現粉娘的白布有半截滑到地上，屍體竟然側臥。他叫炎坤來看。粉娘看到炎坤又叫肚子餓。他們趕快把拜死人的腳尾水、碗公、盛沙的香爐，還有冥紙、背後的道士壇統統都撤掉。在樟樹下聊天的親戚，少了也有十九人，他們回到屋裡圍著看粉娘。被扶坐起來的粉娘，緩慢地掃視了一圈，她從大家的臉上讀到一些疑問。她向大家歉意地說：「真歹勢，又讓你們白跑一趟。我真的去了。去到那裡，碰到你們的查甫祖，他說這個月是鬼月，歹月，你來幹什麼？」粉娘為了要證實她去過陰府，她又說：「我也碰到阿蕊婆，她說她屋漏得厲害，所以小孫子一生出來怎麼不會不兔唇？……」圍著她看的家人，都露出更疑惑的眼神。這使粉娘焦急了起來。她以發誓似的口吻說：

「下一次，下一次我真的就走了。下一次。」最後的一句「下一次」幾乎聽不見。她說了之後，尷尬地在臉上掠過一絲疲憊的笑容就不再說話了。

原載一九九八年六月廿六日《聯合報・聯合副刊》

銀鬚上的春天

銀鬚上綴了許多粉紅色的小花，
由老人的走動，由微風的吹動，
有光影的閃動，
好像也帶動了就近的風景生動起來了。

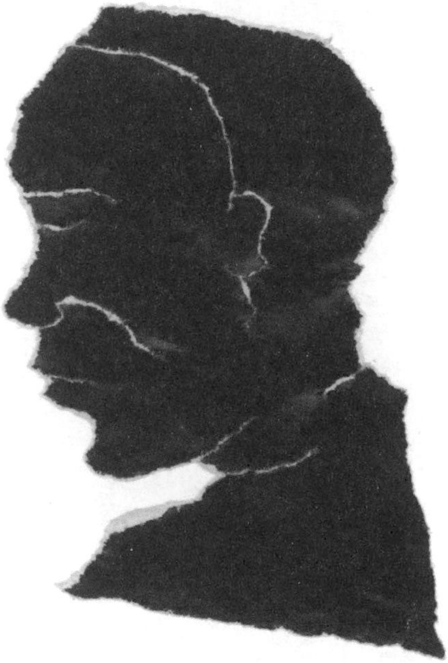

今年的春天一直落雨。

這一段日子潮濕得很。幾乎每天晚上睡覺蓋被保暖的人，都變成烘焙棉被的人炭。因為那濕冷又重的被子一蓋上去，人自然就縮成一團。等到覺得暖和舒適，天正好也亮了。除此之外，村子裡很多東西也都發霉。像接近地面的桌腳板凳腳，豬圈的樑柱都長了菇菌，像一把一把撐開的小傘。

村子裡的住家，每一戶都是農家，所以只要春耕不缺水，什麼都好。誰還管他潮不潮、霉不霉。榮伯的老關節，從下雨的前一天就一路疼痛。家人要帶他去看醫生。他老人家怕花錢，硬說不用。還說太陽出來就會好。但是雨還是一直落個不停。他每天早晚到村口的小土地公廟的一趟路，也得撐傘一拐一拐，拐到那裡去燒香。廟裡的香早就點不著了，他老忘記他的下一次計畫，要從家裡帶點得著的三炷香過去。老關節有時是不聽使喚的，這一趟他就不能即刻回頭再來。他人站在廟口，身子留在外邊，把頭和手伸進廟裡點香。點不著。再點。點到打火機頭的鐵片燙到手才作罷。他撐著傘站在雨中，順便也替腰身高的小土地公廟打傘。他等著。用感覺等著。等老關節告訴他可以走的時候，就準備回去拿香再來。老關節似乎很固執，連站都很勉強。榮伯只好舉起右手，無所事事地看看被打火機燙到的大拇指。最近幾年，村人都說他的長相越來越像土地公了。他很高興，也以此為榮。雨仍然沒停，他抬頭看看天，心裡嘀咕著說：落？再落罷。落這麼久了，我就不相信你還能落多久。

沒幾天，太陽出來了。榮伯的老關節不痛了。他舉手遮光瞇眼瞄一下太陽，心裡笑著嘀咕說：我就不相信你不出來。村子裡的人，把家裡的桌椅搬出來，讓它四腳朝天吹吹風，曬曬陽光。當然棉被，還有一些衣服也都拿出來晾了。

同時，孩子們的天地又回來了。陽光一出來，好像沒有不能去的地方。大孩子跑到城裡街坊，有的去泡沫紅茶店，捧村子裡去那兒工作的女孩，有的去吃冰，去逛逛。辦家家酒輩的小孩子，就在家附近的田野遊戲。這種久雨後的陽光，沒有人願意待在屋子裡。連雞鴨貓狗都各找向陽的角落，曬曬陽光舒展筋骨。野花昆蟲也不例外；粉紅色的酢醬花，黃色的蒲公英，粉紫和白色的大和草花等等，在一夜之間開滿圳溝兩岸，蜜蜂和白色的、黃色的小紋蝶紛飛其間，小孩子看了不玩也難。五六個小孩每人各摘一把粉紅色的酢醬花準備到土地公廟旁的榕樹下玩。他們似乎晚來了一步，樹下已經有一位滿臉白鬚的老公公，靠著樹幹斜躺在那裡睡著了。小孩子原來不想打擾，但是聽他打鼾的聲音特別大，反而引起小孩子的好奇，而都圍過來了。

「是誰的阿公？」

「沒看過。大概不是我們這裡的人。」

「對！不是我們這裡的人。」

他們確定老公公不是這裡的人之後，他們不但說話小聲，還往後退了半步。

「他的臉好紅，鬍子好白噢！」

「鼻子最紅。」

「皺紋比我家阿公還深。」

「看，耳朵好大。好奇怪。」這位小孩因為外祖母常誇他的耳朵大，有福氣，所以他常注意別人的耳朵。

「他睡覺也在笑。好好玩。」

大家都笑起來了。

「噓——！」其中有一位小女孩提醒大家小聲。原來圍老公公的半圓，小孩子的腳已經近到無法再移前一寸，他們只能把頭聚在一起。從後面看，老公公的上半身都被遮住了。

有一位小孩子突然想起來，說：

「我看過他！」

「在哪裡？」

被問的孩子一時又說不上來。他說：「不只一次，好像常常看到他。」

「亂講。」

「在、在……」那孩子努力的想著。他的感覺慢慢地感染到其他的小朋友，他們臉上的表情，並不再表示懷疑了。

「我、我也好像看過他。」有一個小孩也怕人家指責他亂講，他有些擔驚地說。

沒想到最後有四個小孩也都這麼覺得。

「他是不是很像土地公廟裡的土地公？」另外一個小孩子也不是很有把握地說。

可是大家一聽這個提示，都不約而同地驚叫起來。

「對！很像土地公。」

這一叫可把老人家嚇了一跳。原來小孩子早就把他吵醒，只是為了不掃小孩子興，他繼續裝睡，同時聽聽小孩子在討論他也覺得滿好玩。

小孩子這邊，也知道他們叫得太大聲，一定會把老人家吵醒過來，所以他們也嚇了一跳，往後退了幾步，停在那裡觀察。老人家為了要他們放心，他稍變換一下姿勢，故意打起鼻雷，均勻地吐著氣，而那銀白的鬍鬚就像棉花糖那樣微微地顫動起來。

這一招真的叫小孩子放心了。小孩子小心地圍攏過來，有人用最小的聲音說：

「看！他就是土地公。」

大家也都這麼認為，但是相信是如此、心裡卻是有點莫名的驚怕著那種神祕的什麼。

「可是，可是土地公穿的是戲服啊。這個人穿的衣服和我家阿公的是一樣。」

「對。土地公穿靴。他是赤腳啊。」

「我們去看看土地公在不在就知道啊。」有人建議去求證一番。

他們很高興地跑步過去。快到小土地公廟時，大家卻步地慢下來，最後躡足移動身體，到距離小廟大約五六步的地方，就沒人敢再往前了。他們聚成一團你推我擠的，彎身向廟裡瞄一瞄。因為有點逆光的關係，一下子看不大清楚。

「呀！真的不見了。」

「真的！」

後面的擠上來，前面的被擠得撲在地上。

「有！我看到了。」被擠倒的小孩興奮得叫起來。本來要怪後面擠倒他的人，這下也忘了痛。「看！」

所有的小孩子都蹲下來換個角度看。他們正好看到小土地公的頭像，背對著透天的通氣孔。「看到了！在裡面。」

這時候大家被某種神祕感，懾走的魂魄才又回到小孩子的身上。他們很快地擠到小廟前。

「我來看看像不像。」

小廟的廟門只能讓一個大人探身進去，小孩子兩個算是很勉強。有兩位小孩子已經先探頭進去看了。外面只聽到兩個在裡面的頭在對話。

「你看像不像？」

「是有點像，也有點不像。」

「那你覺得像不像？」

「不太像。」

「不太像？」另一個提高聲音問。

「有、有一點。」沒有信心似的。「不過現在又覺得很像。」

「好奇怪，」有點洩氣的，「你說很像時，我又覺得不大像。」

他們這樣的對話，外頭的小孩聽了，更急著想看。

「快點——，輪到我們看。」

那兩個還沒縮頭出來之前，外面的小孩已經在爭順位了。

當大家都看完了之後，他們的結論都認為那老人家不是土地公。只是有點像和有點不像，是他們以前沒見過的，不是村裡的人。

他們又好奇地回到大樹下老人家的身邊。老人看小孩又回來，他馬上打鼾裝睡；他覺得小孩子很可愛很好玩，決定跟他們玩下去。小孩子們也這樣覺得，覺得這位半生不熟的老人好可愛好好玩。他們小心地圍過去。

「看，鬍鬚那麼白那麼長，最像土地公的鬍子啦。」這位孩子禁不住地彎下身，輕輕地摸它。他撫摸了幾次，老人家還是裝著酣睡的模樣。一個小孩摸成功，接著一個一個小心翼翼地都摸過了。他們吃吃地笑著。

有一位手上還握有酢醬花的小孩，他靈機一動，試著把花結綴在鬍鬚上。大家很欣賞他的想法，大家又爭著要結花。他們的年紀才學會綁自己的鞋帶，但是要把不同質料、把花梗和鬚毛結在一起是一件很不容易的事，何況笨手笨腳的年齡。另外這一邊的老人家，如果他不是疼愛小孩子的可愛，這可是一場災難。因為小孩已經被集體冒險同化，他們覺得緊張刺激而興奮起來；冒險往往是不顧後果，不要命地玩耍。開始的時候，他們會注意鬍鬚毛根的固定位子去將就它。本來要把花結上去就很難，又要將就位子，另外還沒輪到的夥伴，在旁推推擠擠真是難上加難。最後忘了鬚毛連肉，結得緊張的小孩，總是會拽動鬚毛。輕的還可以忍一忍，重的話就得假裝要醒過來動一下身體，小孩子就會罷手後退。老人家知道，只要他醒過來，這個遊戲就結束了，對小孩掃興，對自己嘛，膝下無孫，目前的情形何嘗不是天倫？小孩子看到差一點醒過來的老人家又大聲打鼻雷睡了。他們又圍過來繼續完成他們的創作；把粉紅色的小花結綴在銀亮的長鬚上。

在後頭還沒輪到手的小孩，一邊看人家笨手笨腳地在結花，一邊壓著聲音責罵人粗魯，要人輕一點。同時他們也在注意老人家臉上的反應。

「你看！他哭了。」有一位小女孩拍著正在結花的小孩的肩膀害怕地說。

大家的目光都集注在老人家的臉上。真的，兩顆晶瑩的老淚珠，就嵌在兩隻眼睛的眼角和眼屎擠在一起微微顫動。所有的小孩子都愣住了，並且同時心裡有些做錯事的自責。

「不是在哭吧？他的臉在笑哪！」這個小孩多麼希望這位陌生的老人家不是哭。真的，雖然鬍鬚蓋住了老人的嘴角往上揚的微笑，但是比先前更隆起的顴骨和就近的肌肉，那是連嬰兒都看得懂的笑容。

看了這樣的笑臉，小臉孔的緊張也不見了。吃吃忍俊不住的笑聲，此起彼落地爆開。當然，此刻的情景，此刻的一切，老人家都很清楚，清楚到好像達到了一種飽和，他那被內心的感動蒸餾出來的兩顆眼淚，也被後頭湧上來的擠得搖搖欲墜；就像兩個小孩一人一邊，做溜滑梯比賽時準備起跑的樣子。就在這樣的時候，小孩子們都看到了，看到原先嵌在眼角的兩顆眼淚，同時從眼角沿著鼻子，翻過因為微笑而隆起的肌肉，再滑到鼻翼，停了一下下就鑽進鬍鬚的叢林裡了。

小孩子驚訝的，「他是在哭。」

「他不是在哭。他在笑。」

老人的淚水在裡面經過鼻腔的時候，有些已經急著要從鼻孔流出來。這可由不得老人家，他被嗆了。他想忍住。但忍了忍，忍不住時嗆起的噴嚏聲就大了。小孩子嚇得來不及跑，只好躲在大樹的背後；其實大樹沒有辦法擋住他們，他們就在那裡擠，在那裡小聲叫。

老人家連連打了幾聲噴嚏，同時也覺得裝睡裝得太久不敢動，身體覺得有些僵硬疼痛。他知道小孩子就在樹後，故意裝著不知道，他站起身，伸伸懶腰，然後朝小土地公廟村口的方向走去。銀鬚上綴了許多粉紅色的小花，由老人的走動，由微風的吹動，有光影的閃動，好像也帶動了就近的風景生動起來了。

小孩子偷偷看到老人那種愉快的模樣，有一股莫名的感動醉了他們，使他們目送老人家遠去的背影，變得有些模糊，恍惚間老人家的背影被小土地公廟擋了之後，像是一閃就不見了。小孩子都跑出來追過去看，在小土地公廟，在竹叢，油菜花田裡面，回到大樹，再到小土地公廟，這樣來回地找都找不到老人的影子。

小孩子們不甘心，心裡十分悵然，一個一個又探頭到廟仔看看。那裡當然不會有老人，不過大家都覺得土地公的臉上，除了平常的慈祥之外，瞇笑的眼睛瞇得更深，微笑的皺紋笑得更皺了。

榮伯遠遠地從村子裡走過來了。他沒有一拐一拐地走，因為老關節不痛了。他想來廟仔整理整理，換一束燒得著的香。

「你們又來收神明糕仔吃，是嗎？」榮伯高興地問小孩，和他們打招呼之後就探身到廟裡做他的事。

小孩子不敢提起陌生老人的事。只想提醒榮伯多注意一下土地公到底有沒有什麼不一樣。有一位小孩子說：

「榮叔公，你知道土地公為什麼會笑呢？」

榮伯抽身出來，笑著對小孩子們說：

「出太陽啊！」他看到小孩子們困惑的臉，以為他的答案不清楚。「我們的村子落了多久的雨啊！」他又探身到廟仔裡。這一次他看到土地公神像前面的小石案上，掉了不少酢醬草粉紅色的花，稍抬頭，也看到土地公的鬍鬚上，綴了一些花。他想，這一定是剛才那一群頑皮的小孩的傑作。他抽身出來，手裡還拿了幾朵小花，準備要向小孩子說幾句的。一看，小孩子都不見了。他看看手上的小花，彎下身看看土地公，一陣風吹來，他感到滿心的暢快。往村子那邊的路上，傳來那一個年紀最小的小孩子的哭聲叫：

「哥哥——等我——。」

榮伯掉轉過頭往村子裡看，他搖搖頭，笑起來了。

原載一九九八年七月十三日《聯合報．聯合副刊》

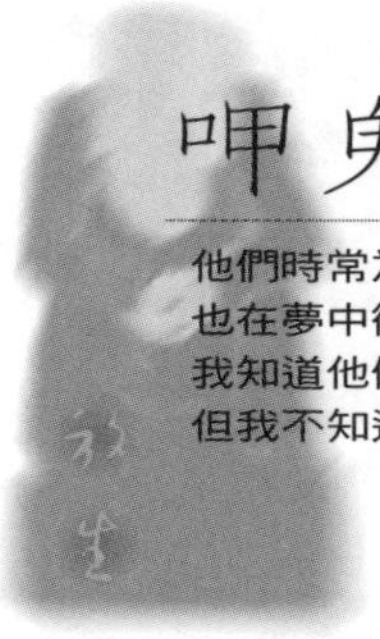

呷鬼的來了

他們時常為這些故事在夢中驚叫，
也在夢中微笑
我知道他們為什麼驚叫
但我不知道他們為什麼微笑

3-21-99

濁水溪

濁水溪
當我還沒見過你之前
你就從阿公的嘴裡流進我的耳朵
然而，好多個村莊
好多豬隻和雞鴨牛羊
好多叫天、叫孩子、叫救命的聲音
好多人和水鬼
全都卡在我的心底

濁水溪
我長大之後跨過你離鄉遠去
當我想起家鄉，想起你
卡在心底的都醒過來
串成一串串的故事
從我的口中流進

在異鄉出生的孩子的耳朵裡
他們時常爲這些故事
在夢中驚叫，也
在夢中微笑
我知道他們爲什麼驚叫
但我不知道他們爲什麼微笑

這一季梅雨，拖下來的尾巴，過了六月上旬還不見它收尾不打緊，連接上農曆端午的節水，雨越落越粗大。

五、六十公里長的北宜公路，特別是山區路段，在這陰濕晦暗的淫雨中，才活顯出它的生命，顯得詭祕多端。尤其是從風路嘴下來，一直到九彎十八拐的宜蘭縣境內；整條路段，不只是路躺在那裡，讓往來的車輛輾過來，輾過去的份。相反的，好像又有那麼一點，是路熟練地玩著各種各樣大小不同的車子，叫車子順著它彎曲的胳臂，讓車子滑過來，滑過去。要不是這樣，每天怎麼沿途都可以看到，幾處失手造成的車禍現場，和死傷的人員。還有，為何儘管臺北和宜蘭兩地的縣政府，各在路旁豎立嚴禁沿途拋撒冥紙的警示牌，始終不見絲毫嚇阻的作用。往來的卡車、野雞車和民間的小轎車，每一趟路或多或少，總要花四、五十塊錢，買一些冥紙沿途拋撒，向冥冥中看不到的好兄弟買路獻祭。

本來為了分攤北宜公路交通流量的濱海公路，在這長久的落雨天，陪中部山區的山崩和土石流，在水簾洞的路段，也發生了山岩大規模的崩塌。這麼一來，北宜公路往來的車輛，不但恢復昔日的擁擠，出車禍率也再創新高，鬼話也隨著連篇傳誦。新店這一頭銀河洞的橋頭，和礁溪金盈山腳下的另一端，兩地的雜貨舖子，他們把另設的冥紙攤位，緊挨著路旁招攬開車的過客。

買了冥紙的車子，沿途拋撒著；尤其是危險路段、銳角彎處、車禍現場、小土地公廟和有應公祠附近，拋撒得更多。這種情形，要是大晴天，就像成群結隊數不清的黃蝴蝶，停息在路旁的草地上。一等到車輛切風刷過，成群的黃蝴蝶，就像受到驚擾般地紛紛飛舞起來。過往的車子經常是一部接一部，捲起來的旋風也是一陣接一陣，那迎風起起落落飄飄紛飛的冥紙，在光影間化成黃蝴蝶飛舞得更為生動栩栩。要是有一段路靜，這些黃蝴蝶即停息在草地上，瞬息間又回到冥紙的原形，微微顫動著等待，下一陣旋風的來臨。這一天仍然是雨天，拋撒下去的冥紙，大部分都貼牢在路面上，集多了就鋪成一條醒目警戒的黃色景觀。難怪曾經有洋人路過，誤認為是哪一位搞觀念藝術的藝術創作，而大加讚歎。

山路上的車輛本來就壅塞，然而又碰上不善爬坡的柴油大卡車阻在前頭，後頭的來車，一部接一部，把車隊接得很長。大部分燒汽油的車，爆發力都很強，也可以不理雙黃線違規超車，好擺脱阻塞的痛苦。但是，山路彎道連續不斷，迎面下坡衝下來的車輛頻繁。有人試了，拿它沒辦法就是沒辦法。長長接連下來的車陣，從半山腰往下看，竟然在另一座山的山腳下的來路，還看到車隊的尾段。卡在車隊的車子，聽不到他們車子裡面的怨聲和詛咒。不過不少的車子，左輪一直壓在雙黃線，隨時準備衝刺超車。

一部乘載了十一個人的福斯九人車，除了司機小羊是男的，其餘的都是女性；其中有兩位是來臺北學國語的美國學生，剩下來的八個，連小羊的妹妹小象，都是小象的大學同學。整個卡在車隊裡的車子，他們就顯得十分例外。他們的車子一點也不急，能動就動，不能動就停在那裡也沒關係。沿途有説有笑，偶爾也會傳出驚叫。有兩位外國妞，她們冥紙撒得比別人的車子還勤。他們也沿途數著車禍留下來的殘車。他們已經數到七部。偏偏有一個人説是八部。最後大家同意是八部。因為這樣才能顯出北宜公路的神祕性，同時也增加了他們參與冒險的氣氛。還有，他們還沿途唸著釘在樹上或電線桿的標語，「南無阿彌陀佛」、「南無地藏王菩薩」。有時候他們也會看到「神愛世人」。第一次女孩子們也照唸了。

「神愛世人不用唸。」小羊阻止小姐們說：「這一趟路的老大公好兄弟，好像是道教或是佛教管的。多唸阿彌陀佛就可以。」

「什麼是老大公好兄弟？」有人問。

「在這條路上最好不要問，問了他們以為我們在找他。」小羊沿途就欺負這些只會念書趕時髦的都市小姐，同時也真的把她們嚇得每一個的神經都繃得緊緊的。「他們是誰？他們啊，他們是鬼魂，孤魂野鬼，厲鬼。山路上的車禍變形的殘車都是他們的雕塑傑作。不要不相信，前前後後的車子都在撒冥紙。為什麼？給誰？用肚臍想也知道。看！」小姐們都驚叫起來。那兩位撒冥紙的洋妞，什麼都不知道。

「叫你們看前面的電線桿，又有阿彌陀佛你們鬼叫什麼？」車子來到「南無阿彌陀佛」的前面。

「南無阿彌陀佛——。」大家齊聲唸。

這部車子的裡裡外外這麼忙，這麼自得其樂，也就無所謂阻塞了。很顯然的，今天這一趟路，要不是全車都是年輕的女孩子，還有更關鍵的是，小象的同學白珊也一道，不然小羊再怎麼好客熱忱也不會成行。因為這已經是三個禮拜來，借同一部車，走同樣的路，到同樣的地方，找同一個人，去聽同樣的一個故事而跑第三趟了。特別是這一

趟，當時小羊又得再向二姊夫的公司借車子的事，連自己也覺得為難。二姊夫沒說話，

二姊叫嚷著：

「小羊啊！你有沒有弄清楚？你二姊夫追我的時代，已經成為上古史了。那時候你指他的油，要什麼有什麼。現在我已經是兩個孩子的老媽子，不再新鮮了。你一再這樣煩二姊夫，你不怕我被休了！」

「拜託了，別這樣嘛。」小羊耍賴。

「有事不幹，幹嘛老借車子往宜蘭鄉下跑？」二姊又向二姊夫說：「你公司的車子就是停在車庫，等小羊來借的嗎？」

二姊夫在一旁笑。

「最後一次。拜託！」

「上一次你也說最後一次，這次又……」

「這一次是真的了。不要再唸了，比媽媽還囉唆。」

「你說什麼？」二姊提高嗓子。

「好了，我說錯了。拜託。拜託！」

小象解圍說：「二姊。這一次一定要幫小羊。明天我們的系花白珊也要去。」

「唷！談戀愛了。不是說不結婚嗎？」

「誰說談戀愛就要結婚？」小羊本想這麼說。但是不說好。二姊一向關心他的婚事。不承認，不否認。這對二姊來說就是默認。

「不錯嘛，白珊。」二姊這麼一說，車子的事也就解決了。

車子走走停停，以往沒什麼耐心，愛超車的小羊，那人來瘋兼愛現的個性，在小小車內的空間裡面，被十個小姐無形地絞扭，他一邊手排開車，一邊說話還比手劃腳，沿路似乎沒有停過。其實除了他的個性如此，另方面他還擔心冷場令人感到無聊。當他遠遠又看到樹幹上釘有標語的時候，他又提醒大家唸「南無阿彌陀佛」一樣，帶頭叫「三民主義統一中國」。有幾個還傻傻地跟著唸到「三民主」，才意識到受騙。

「少騙人。討厭！」小象代大家罵他。

「誰教你們這麼傻。北宜公路是在臺北縣和宜蘭縣的境內。這兩縣的縣長都是民進黨，怎麼有可能讓他出現三民主義統一中國的標語呢？」小羊為他的幽默感得意一下。但是沒有一個人覺得好笑。因而車內就有片刻的安靜。小象也和小羊一樣，怕冷場壞了氣氛。

「小羊，還要多久到？」

「塞成這個樣子，恐怕還要兩個鐘頭吧。沒關係，到坪林路寬，我們可以超車到前面甩掉卡車，那時候就快了。」

「這裡面白珊還有好幾個同學，她們都還沒聽過『呷鬼的來了』。你說給她們聽嘛。」

「對啊，再講再講。」連已經聽過的人也表示希望再聽。

「急什麼，等一下就可以聽到那個老人親口講的那種原味的。不要急不要急。」

「不要。現在就講嘛。」背後七嘴八舌地吵著。

「我說了你們不信，聽鬼故事最好、最刺激的地方，就是發生鬼故事的地方。很多觀光客到英國參觀古堡，也要聽古堡發生過的鬼故事。一樣的道理，等一下我們就要在濁水溪畔的草寮裡，藉一根燭光，聚在那裡聽水鬼的親戚的那一位老人，講鬼故事。才過癮哪。」

「真的？」有人害怕地問。

「真的！」小羊說。

「你說那老人是水鬼的親戚？」

「我是形容他——。誰曉得水鬼的親戚是誰？」

「討厭！小羊最愛騙人和嚇人啦。」小象說。

「誰教你們那麼容易受騙又那麼膽小。其實你們也喜歡受騙。嘿嘿嘿。」

「不要臉——。」小象捶了一下小羊的肩膀。「快講故事。」

小羊看整車的人那麼需要他，無法不暗爽地張著嘴沒聲音的笑著。小象以為小羊在堅持，希望她們直接去聽老人家講。

「那你說說你是怎麼樣認識這個說故事給你們聽的老人嘛。」另外一個人說。

小羊覺得這個要求很合理，同時覺得能提出這樣的要求的人，有點跟人不一樣。是誰?小羊從後視鏡一看，是一位被擠得有一半出鏡的，還記不起名字的女孩子，那樣子有點羞澀。可見她的問題不只是為了好玩。小羊也認真地想回答這個問題。因而他有點嚴肅起來。其實，那一天的氣氛，也有那麼一點超現實感，現在都回到腦子裡來了。

那一天由他帶頭，帶了幾個玩相機的同好，到宜蘭鄉下叫二萬五仔的白鴒鷥城去拍白鷺鷥。到了那裡，才知道二十年前白鷺鷥早就不知去向了；這件事還曾經上過報。面對一群朋友，這不叫撲空，而是孤陋寡聞吧。小羊有一組白鷺鷥鳥的作品，是父親在他小學一二年級的時候，帶他來這裡拍的。為了要證明他沒跑錯地方，他在就近的老廟問老廟祝，問給一道來的朋友聽。「這裡是不是叫做白鴒鷥城仔?」

「是啊。你們找誰?」

「白鴒鷥。」

「白鴿鷥？」在老廟祝的印象中，好久沒人提到這裡的白鷺了。他除了覺得親切之外，還覺得白鷺不見已久了，怎麼會有一群人跑來這裡問起。他笑起來了。

「這個時間應該都陸陸續續結隊飛回來的時候嘛。」小羊問。

「現在都沒了。」老廟祝的笑臉不見了，聲音有些悵然。他跨出廟門走到廟庭，回頭看跟上來的小羊他們，指著山邊的一座竹圍說，「就是那一座竹圍仔。上萬隻的白鴿鷥一回來停棲在竹圍仔，整座的竹圍就變成白色。遠遠望過去，就像一座白色的城圍，所以才叫做白鴿鷥城。」他沉默一下。「現在都沒了。」

「為什麼現在都沒了？」有人問。

「是啊，現在都沒了。」老廟祝凝望著遠處的竹圍。「為什麼？有很多的說法。沒有人真正知道為什麼。但是跟鬧鬼有關係。」

「怎麼鬧鬼的？」小羊急著問。

「唉！」老廟祝嘆了一口氣。「我們不要談人家的私事。」他說完了，目光就盯在遠處的竹圍，用點力瞇著眼睛愣在那裡，好像忘了小羊他們。他身體雖沒有動，眉頭和嘴角的肌肉，卻一會鬆，一會緊地隨著什麼，而不是那麼機械地動著。是的，他看到白鷺成群結隊地回來了。

小羊他們被老廟祝的神情懾住了。他們小聲地說：「好棒啊！」

「用四百的底片，ASA開一千六，光圈全開，回家我幫你沖片。快！」小羊說。

相機的快門聲，此起彼落地響個不停。他們一邊拍老廟祝，一邊注意他的反應。但是老廟祝一點都沒把他們放在心裡。

他看到整座的竹圍又變成白色的城圍。但是沒一下子，當夕陽射出金黃偏紅的餘暉時，白色的城圍就變成火紅。廟祝這次搖著頭驚歎。首先他們都嚇了一跳，把相機掖在後頭裝著沒事。稍停片刻，看老人家仍然完全投入什麼的那種神情，快門的聲響又密集了一陣，他們越拍越放膽了。

「啊……！哇哇哇……」老廟祝把雙手握在胸前，眼睛仍然盯在遠處的竹圍，激動得連聲驚歎大叫起來。

小羊他們又停下來，站在一旁觀看。有人舉右手用中指疊食指比著自己的太陽穴，同時頭稍往左偏一下。看到的人都沒出聲音點頭。

「火！」廟祝沒特別為誰說，他在驚歎。他看到成千上萬的白鷺，映著夕陽的紅光，在不知受到什麼驚擾，一下子紛紛騰空飛起來的樣子，卻變成熊熊的火焰，然後一隻一隻尋找枝頭停息下來的白鷺，又變得像尚未燒盡的紙錢，被氣流沖上天，然後又慢慢飄下來。而那規模是一座城圍哪。老廟祝打了一陣冷顫，身體抽縮了一下，他低頭看看自己的胳臂，再用手交錯的搓擦著。

「看！一提起白鴿鷥，就翻起雞皮。」老人家根本就不知道自己的魂魄，剛剛才出了殼似的，還叫年輕人看他的雞皮疙瘩。

「你剛才看到什麼嗎？」小羊問。

「那暗頭的日頭一照過來，整個白鴿鷥城就著火了，遠遠看就像燒一大堆的冥紙蓬蓬飛。現在都沒了。都沒了。」老人又想到了什麼說：「白鴿鷥不見了以後不久，深夜有人走過那裡的時候，還會聽到上萬隻的白鴿鷥，受到驚擾時，一起鼓動翅膀飛起來的聲音，還會看到每一根竹枝被起飛時蹬跳而彈了一陣子的樣子。」

「為什麼？」

「白鴿鷥鬼啊。」他信誓旦旦地說。

「現在還這樣嗎？」

「現在連鬼也沒了。」他的情緒一下子又低落下來。停一停又說：「現在什麼都沒了。」

老廟祝好像特別愛說「現在都沒了」。一說到「現在都沒了」的言語之間，有一份悽涼透人。因而在場的人都感染到一點若有所失的惆悵。

小羊本來就很會加油添醋，他約略把經過說了一下，車子裡的氣氛已經變得緊張易碎。這時候，只要有人打個噴嚏，或是什麼東西掉下來的響聲，恐怕連惡作劇想嚇人的人，也都會被嚇到。在此時此地，如有人想惡作劇也只有小羊。但是他不敢開這種玩笑。可是有幾個聽得津津有味欲罷不能的女孩子，一直問小羊說，後來呢？後來呢？於是小羊腦筋翻了一下，曖昧地笑了笑，接著說了下去。

「有幾位同事聽我們說第二禮拜還要送照片去給老廟公和另外一位，就是說『呷鬼的來了』的故事給我們聽的那一位石虎伯仔。他們說也要跟我們去。當天我們有十三個人，開了兩部車到白鴒鷥城仔，結果找不到老廟，當然也找不到老廟公。我們還以為跑錯地方，還問了在田裡工作的兩個人，他們都不知道白鴒鷥城，問到第三個才證明我們沒迷路。但是老廟卻不是在這裡。在馬路的對面那一邊，是一處只有五六門的小墳墓，那是上個星期沒注意到的。當我們正覺得奇怪的時候，托比看到他上個禮拜裝底片丟下來的柯達四百度黑白底片的盒子。那地方明明是廟庭，怎麼會變成墳墓呢？當時我們來過的人心裡都發毛，只是不敢說有鬼。跟著來的同事還以為我們跟他們要猴子……」

「你不是說替他拍了照片，還要拿照片給那一位廟公嗎？」有一位女孩子臉發白地問。

「當時我的同事也這樣問，我就把照片給他們看，他們才相信。」小羊說。「對了，小象，我的背包裡面有那一次拍的照片，你拿出來給大家看。」

這時有幾個人害怕地叫著說，我不要看，我不要看。

「我不要拿。」小象也害怕的說。因為小羊住在外頭，她住在學校宿舍，她沒聽小羊說過。

車子正好又被堵得停下來。小羊回頭要小象把背包傳給他。

「你們不想看看那位廟公長得什——麼——樣——嗎——？」小羊把話語的聲調誇張了一下，然後再正經地說：「其實看一看沒什麼關係。這是十分難得的一張照片。那一天我們幾個人拍的，結果全都over掉，其中唯一的一張底片，看來有一點點影子，最後用特殊處理，才算洗出來這一張。這樣的一張照片，你們還不想看嗎？」

「我們不要看，你用說的就好。他長得什麼樣？」

「百聞不如一見啊，小姐——。」

兩個美國小姐，她們從頭到尾都不太清楚大家在談什麼。鬼，她們知道，她們覺得好玩的成分比害怕多。照片，她們倒是很想看。

「好，拿出來給我們看好了。」洋妞用近乎全是第一聲的國語說，車裡一路凝結的鬼氣，卻被它化解了不少。

當小羊從背包掏出一個牛皮紙袋時，有人叫不要，洋妞連聲說好好。害得小羊禁不住地笑出破綻來了。

「小羊——，你騙人！」小象叫起來，「你害我差些心臟病發作。」她玩笑地搥小羊。

「誰叫你那麼胖。」

小象這下可不饒他，雙手搥他，再用雙手由後卡他脖子小鬧一場。

「前面的車子開了。」後面的人叫。

後頭的車子也按喇叭，這下小象才放手。小羊排了檔，啟動了車子，還一邊咳嗽一邊笑著。他看到前頭的樹幹上，又有南無阿彌陀佛的標語，他帶起頭來，卻沒有人願意跟著唸了。

「小羊，你真差！人家廟公還沒有死，你怎麼可以這樣詛咒人家。」小象批評小羊的玩笑。

「不過我說了你們絕對不會相信。我沒有詛咒廟公，也沒詛咒他的意思。」他認真地，「他死了。」

「呸呸呸！你怎麼可以這麼說？」

「上個禮拜我們帶照片找他的時候才知道的。就是上個禮拜天，我們還到他家去給他上香。把那一天拍的照片也擺在他的靈桌前，讓他欣賞。他們的家人也認為那些照片拍得很好看。」一路上來，小羊在這個時候顯得特別正經，正經到有點不像。看他那個樣子，還有車子裡留下來的一點陰邪之氣，大家不約而同地沉默起來。

沒多久，兩位洋妞從車窗外收回半個頭，興奮地說：

「都給完了。」

「什麼？都撒光了？」小羊又回到原來的活潑，「後頭還有一段路哪，怎麼辦？」他還回頭看了一下洋妞，大家也隨著把目光集中在她們兩個的身上，害得她們直覺得好像犯了什麼禁忌，而顯得幾分緊張。

「後面一段路才險惡哪，那裡的好兄弟才不好惹，怎麼辦？」

小羊的話快，還有用詞都不是開始學ㄅㄆㄇ的洋妞所能接的。所以逼得洋妞用美國話說：「我們做錯了什麼？」她們聳肩攤手，互相點頭看了看。

小象看她們急成這個樣子，同時也知道這只是開玩笑。為了省得麻煩，她也用美國話說：「沒事。只是開開玩笑。」然後在後頭再慢慢向她們說明。但是事關民俗文化的問題，用我們的話說了她們聽不懂，用美國話翻嘛又沒那麼簡單。因此一群大學生好像又找到新話題、新事情做為英文會話的功課，互問孤魂野鬼、陰間、紙錢冥紙、好兄弟等等詞彙，中文怎麼講，英文怎麼說。大家你一句、我一句，還有說有笑的，就這樣無形中小羊就被擱在駕駛座上，只顧開他的車子的份了。

沿路走走停停的車程，又要搭理一堆小象的同學，為了不冷場，還要表現他的活潑、幽默和機智讓白珊欣賞等等；就是愛現的性格，相當耗費他的精神和體力。難得有這麼片段不用他關顧她們，竟然也覺得這是一種消極面的享受。他是覺得累，腦子裡沒法空。三個禮拜前的經驗，零星片段在腦子裡映現。

老廟祝的家人，當時看了照片之後，還怕小羊他們要錢，並且想像會索價很高。當小羊表示是特別來贈送給廟祝時，家人才露出笑容，頻頻讚美照片的技術。

「拍得很好看。很像，很像。」其實廟祝的兒子的意思是說人物的神情抓得很準。「說也奇怪，我父親已經病了一個多月了，差不多都躺在床上。那一天不知道為什麼，他說要去廟燒香，看看。家人說等他健康一點再帶他去。沒想到一個下午沒注意，他竟然一個人能夠跑到廟裡，這才碰到你們。」

「我們碰到他的時候，他精神很好啊。就和照片裡面的樣子一樣。」小羊回想起來，當時根本就看不出他兒子說的那樣，說他在家躺了一個多月了。

「不過他回來之後，大部分時間都躺在床上，躺了六天才過往。那六天每天都在講白鴿鷥城仔和白鴿鷥的事。現在跟你們對照起來，我才知道原來是這樣的事。」

車子擺脫了卡車之後就沒堵得那麼厲害。到了宜蘭縣界的九彎十八拐，山路上的雨勢變大了，跟那一天差不多。時間雖然才五點，天色已經開始昏暗。車廂裡的小姐們的話題，把目的地和鬼抛得遠遠。她們好像談到電影《鐵達尼號》和李奧納多。小羊稍注意一下她們的話。她們談的是那位教英詩的老師和某同學的八卦消息。小羊提醒她們說快到了，卻沒聽到興奮的反應。有人說要西西，有人叫肚子餓，就是沒人說歪仔歪到了沒有。這和開頭吵著要來，吵著要來濁水溪畔的草寮裡，聽老人家講「呷鬼的來了」的鬼故事的那一股抵不過的勁，似乎全沒了。說不定都忘了。小羊這樣一想，突然感到十分落寞。好在他對沈石虎老先生那一份特別的感覺，仍然對他有吸引力。沿著九彎十八拐慢慢滑下去，石虎爺爺的人、聲音、水鬼樣樣都湧上來了：

下弦月像一隻患了結膜炎的紅眼睛，毫無精神的斜掛在離地平線有一棵老樟樹那麼高的地方，愛理不理地看了一下，想涉溪回大洲綑豬的刣豬炎。四周除了湍急的溪流聲、風聲之外，隱約地夾雜著女孩子的哭聲。刣豬炎尋聲望去，三、四十來步的地方，有一個人影蹲在水邊。他心生害怕。這地方正好是水鬼傳聞最多，怕不會又是真的水鬼出現？他轉頭走開。哪知道那個人影，竟從後頭追過來，哭著連聲叫喊伯父。這更叫刣豬炎害怕，但聽她的哭聲可哀，回頭看她的人也怪可憐見的；是一位十二、三歲的小女孩。

「阿伯，求求你揹我過溪，家母病危，要我拿藥回家救她一命啊。天黑水急，我不敢一人涉溪過去。」

「你、你家哪裡？」

「虹腳廍朱羅成的女兒。」

刣豬炎雖然心裡仍有懷疑，但怕冤枉人家也不好。一口答應揹她過溪。但是有一個條件，他希望用綑豬的繩索當作央巾綁著揹她。小女孩連聲說謝，趴在刣豬炎的背上，讓刣豬炎連著他的身體一塊綁緊。

當刣豬炎揹女孩涉溪，水到胸前時，小女孩提在手上的藥包掉進水裡了。小女孩驚叫：

「阿伯，我的藥包掉了！快點替我撿起來！」

刣豬炎是看到一包東西掉下來，但是他心想，這不就是水鬼的伎倆嗎？當我探身撿東西時，她就乘機壓我到水裡。他不理藥包流走，害怕地繼續往前涉水。但背後的小女孩不停地叫嚷，一直變成慘叫，甚至於用力想掙脫繩綁，同時也用她的雙手一會卡住刣豬炎的脖子，一會試著用壓的想把他壓到水裡。刣豬炎三步做一步拚，像一頭受到驚嚇的牛在水裡起浪，直往岸上跑。一到岸上，背上的女孩子已不再掙扎了。刣豬炎著了慣性似地止不住自己，直奔到家回頭把門一閂，才解開繩索。他順勢將肩膀用點力偏斜一甩，卡啦一聲，摔在地上的是一塊棺材板……

小羊記得很深刻，七十多歲的沈石虎老先生，一邊說一邊帶動作甩肩膀的神態，也被他們攝入鏡頭。令小羊他們感到奇怪的是，老廟祝也好，石虎伯仔也好，當他們說鬼說得入神的時候，一點也沒有鏡頭意識，洗出來的照片，大部分都很傳神。他們甚至於懷疑，拍出好照片，特別是生活照片，運氣也是一個很重要的因素。至少老廟祝和沈石虎就是最好的例子。

看那老人家的頭臉，就像一隻洩了氣還破了一個黑洞，並且皺得很厲害而有些乾縮變了形的皮球。黑洞上下不超過四顆的牙齒，像不受管訓的征兵歪七歪八地站在那裡，任憑刣豬炎、水鬼、或早期的洪水和浮屍，在它一張一合之間，跑出來藉著唯一的一根顫動不安的燭光，化成在老人背後菅蓁壁上的黑影陰森森晃動。

石虎伯仔說：

「刣豬炎一看是棺材板，驚了又再著一驚，拿起斧頭就劈，劈成柴就往灶口送，燒成灰，心裡還是怕，伸手抓一把灰放在碗裡，倒滿酒，一口就把它喝到肚子裡去了……

「之後，每當刣豬炎要涉水過濁水溪的時候，只要他第一腳踩到水裡，就聽到很多人在水裡奔跑的聲音，還帶著『呷鬼的來了——』的叫喊。但是第二年的某一天，當刣豬炎的家人有幾天找不到他的時候，他的屍體在出海口茅仔寮尾的地方被發現，那時候，他全身爬滿了螃蟹。」

小羊還記得石虎伯一說完，頭一艻停了一下，那輕度白內障的眼睛，也都亮起來了。那時幾個臺北來的年輕人聽了之後，有說不出的感動。他們除了用很棒、很過癮來形容之外，不知誰說了很鄉土來讚美老人家，讚美「呷鬼的來了」這個故事。他們都覺得這讚美很恰當，他們一直在說好鄉土，很鄉土，純鄉土。

「阿伯，你真鄉土。」

石虎伯很不以為然，還覺得冤枉了，他對這些不速之客那麼客氣，為什麼還批評他？

「我按怎上土？」

小羊知道他誤會了，他趕緊說明說：

「阿伯，你誤會了，不是上土，是故鄉的鄉，本土的土，鄉土啦。」

「喔——，鄉土。你沒好好講，我聽做上土。是鄉土，不是上土。」

大家嘻嘻哈哈一場。但是老人家心裡還梗著：為什麼說我是鄉土。是褒獎呢？還是什麼？照理應該褒獎才對。鄉土又是什麼意思的褒獎呢？老人家沒再問下去。

「阿伯，後禮拜我們還要聽你講呷鬼的來了。」

他們你一句我一句，都提呷鬼的來了。

小羊的車停在蘭陽大橋前的紅燈。他高興地叫起來：

「呷鬼的來了！」

他像叫醒了後面的女孩子。有人對不對頭地問：「在哪裡？」

「過了蘭陽大橋往右轉再往右轉就快到了。」小羊說。

「我還以為到了。還要那麼久。」

雨勢並沒有減弱，天已經暗了，濁水溪兩岸的農家，隨著溪水的高漲不安。說人人到，說鬼鬼到，難道說大水，大水就來？看著就要淹到瓜田的溪水，心裡十分納悶和焦慮的沈石虎，為了三個禮拜前一個驟雨的夜晚，對幾個翻過堤防跑到草寮躲雨的年輕人，無意間聊起身邊這一條濁水溪，說了早前做大水淹沒村莊，淹死人和水鬼的話而反悔不已。不過他心裡不服。那時候除了問年輕人臺北有什麼好玩之外，自己所能聊的，也只有濁水溪。談濁水溪不談大水和水鬼，又能說什麼？當時要不是修輪胎的人來找他們，可能還會談得更晚。

石虎伯沿著溪岸，從瓜田這一頭走到那一頭，心裡嘀咕著說：雨再這樣落下去，不要等溪水淹上來，西瓜已經不甜了。誰要？要是再落幾天，西瓜裂開了，拿錢倒貼也沒人要。

他回草寮，一進門嚇了一跳。

「幹你娘咧，不會吭一聲。」

「阿媽等你呷飯。」

石虎伯心還跳得很厲害。

「大人大種還那麼傻，老子差點被你嚇死。你還笑。」

這位患有蒙古症長了一臉青春痘的外孫，他挨了罵還是不知道他做錯了什麼？他還是笑。

「你先回去，叫阿媽先吃。」

「我不要。阿媽說你不回來，我就不能回來。」

「你為什麼這麼傻？去和來都不知道。」

當石虎和傻孫子逗著好玩的時候，在雨聲中好像在堤防那邊，有一群人齊聲的叫喊著：石虎伯——。

「你不要再笑，安靜一下我聽聽看。」

他的孫子還是發出咽咽地笑聲。

石虎伯走出草寮往堤防看，天雖暗堤防更黑，一群人站在堤防上，襯著天幕，一時看起來像是皮影戲的皮偶在動。

石虎伯——。

「阿公，誰在叫你？」

首先石虎伯還弄不清楚，他想了一下，著了驚似地叫起來。

「慘了！呷鬼的來了！」

智障的孫子，覺得很好玩。他跑出來淋著雨，向堤防上的人影，大聲叫著：

呷鬼的來了——

呷鬼的來了——

老天加了一把勁，雨越下越大了。

原載一九九八年十月八～十日《聯合報・聯合副刊》

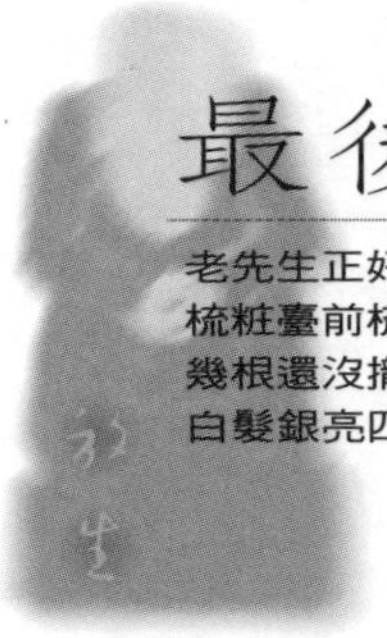

最後一隻鳳鳥

老先生正好看到母親坐在
梳粧臺前梳頭，
幾根還沒攏在一起的
白髮銀亮四散得像光芒。

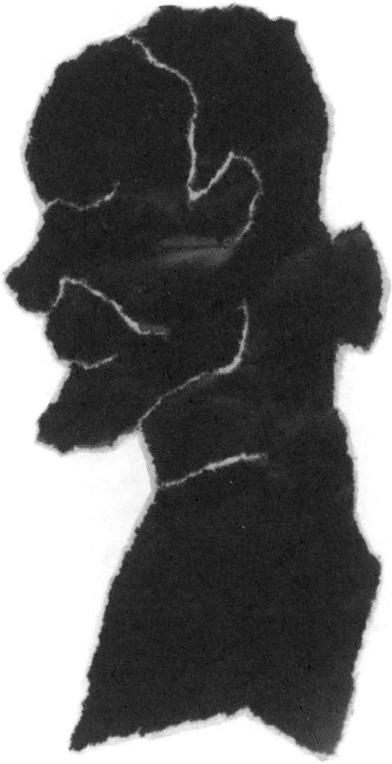

閩南話有一句俗諺說：九月九，風吹滿天哮。說起來押韻順口，事實也正是如此。重陽節的歲時，打前站的幾陣東北季風，開始帶來，冬之將至，秋之將逝的訊息。冷空氣撲著地面來，暖空氣退避不及往上升，這正好一邊把風箏飄浮上去，一邊把風箏往前推，這麼一來，風箏不但飛得高，裝上竹篾和籐片重疊的含鈴，吃起風來嗚叫不停；大的風箏叫得沉，小的風箏叫得尖，不大不小的風箏合聲地叫。

冬山河上游的河岸，當地正舉辦為期三天的風箏節。海報上寫的大字「爭風不吃醋」。全省各地的好手，帶來各種各樣的風箏，趕走了天上的雲，留下一片透藍的天空，襯托半邊天各展英姿，嗚叫得叫小孩子無心吃飯。

靠南邊河岸竹圍裡的吳家，這天可熱鬧。他們吳家的慣例，不為祖先各別做忌辰的拜拜。每年統一在重陽的這一天，祭拜祖先。這一天在吳家看來，不比過年不隆重；在外成家立業的，出外鄉工作的，統統都得回來祭拜祖先。每一年的重陽這一天，都會有一兩個還不懂得愛錢的孫子輩和曾孫輩，回來拿阿公或是叫阿祖的紅包。

中午提早拜好祖先，因為大廳和廚房容不下五席飯桌，只好擺了四桌讓大人上桌，小孩子就盛飯挾些菜到底下，隨他們愛到哪裡去吃。吳新義吳老仙，看大家回來，高興得沒心吃飯，儘管兒子媳婦要他上桌一起吃飯，他還是用一個大盤子，裝滿骨頭較少的土雞肉，追著小孩子們，把白斬的雞胸雞腿，一塊一塊地塞到小孩子們的碗裡。口裡還唸唸有詞地說：「土雞肉最好吃了！常回來，阿公天天殺土雞仔給你們吃。」哪知道這些只知道漢堡最好吃的小孩子，雞肉只認識炸雞，醬料的口味只認識番茄醬、美奶滋和千島醬。阿公挾的雞塊蘸的是黑黑的，叫什麼豆油膏，聽起來、看起來都叫小孩子不喜歡。大一點的小孩子，看老人家挾著肉衝著他來的時候，還跑給老人家追。年紀小的，當老人家把肉塞到碗裡時，只好呼叫媽媽來解圍。

「真戇啊，有土雞仔肉給你們吃，你們竟然不懂得吃？」其實這幾年來，從城裡回來的小孩都是這樣，但是老人家還是感到意外。他手裡端的一大盤土雞肉，沒銷出幾塊。他有點不相信，端著盤子再巡迴。小孩子卻覺得好玩，像是在捉迷藏。

「提摩太，不要跑。還不給阿公說謝謝！」提摩太的媽媽叫住他。小孩子一臉不高興。

沒再拒絕的小孩，老人家連聲稱讚：「這樣才對。真乖真乖。這樣阿公才高興。」

「他要叫你阿祖，不是叫阿公。」孩子的父親說。

「我怎麼會記得起來。叫我阿公阿祖都沒有關係，有叫就好。來，不要跑。」但是大一點的小孩，還是躲著老人家跑。

「吉米！海倫！不要再跑了。」小孩子的媽媽用小孩子在英文補習班的洋名字叫住他們。

其實剛剛有人叫提摩太也是洋名字，因為音節長了一點，老人家學不來，兩個音節的倒好叫。「哪一隻是煮麵？哪一隻是黑輪？來。嘿嘿嘿。」當老人家叫小孩子的洋名字像在說閩南話時，大家都笑了，連老人家也笑。接著吉米和海倫的碗裡被擱上雞肉，小孩子們又一起笑了起來。

「你們這些大人，小孩是怎麼教的？不愛吃土雞仔肉？想想你們以前，多麼期盼年節拜拜，能分到一塊雞肉。你們都忘了？」老人家指著大兒子說：「阿水大概是七歲吧，有一次神明生拜拜請客，他站在飯桌邊看人家吃飯。當他看到一位客人多挾了幾次雞肉，他就哭叫起來說：『那個人吃了三塊雞肉還要挾，我不管，雞肉給人家吃了了啦——』害那位客人怪不好意思。」

「後來怎麼樣？」有人問。

「後來怎麼樣？拖去後尾門仔修理啊，怎麼樣。」老人家說著還望著五十幾歲的阿水笑。

已經當了外公的阿水，被說得臉紅說：「我都記不得了。」其他大人都笑起來。小孩子並不覺得好笑，還以為自己沒聽清楚，急著抓住自己的父母親，想問個明白。有的大人雖然耐心地重述一遍伯公的故事，小孩子還是不覺得好笑，更不能體會那時代的辛酸。

外頭風箏的鳴叫聲，好像又叫得更熱鬧；小孩子端著碗跑到曬穀場抬頭一看，每一個都興奮地叫。但是都叫不出名字。吳老先生告訴他們說：那是蜈蚣風箏。還告訴他們其他的。指著天空說：那是雙印仔，旁邊的叫八角仔，那個更大的叫七十二角風箏。老人家雖然一一指出風箏的名字，小孩子還是不懂，好像老人家給他們的答案，對小孩子永遠是問題。小孩子纏著一直問，老人家覺得小孩子這樣需要他，他也樂得很耐煩。

「阿爸——！」阿水踏出正廳的門檻叫了幾聲，老先生還是沒聽見。屋子裡面的幾個大人，還阻止阿水叫他，把電話掛了不接就算了。阿水也有這個意思。但是當他決定不叫的時候，最後那一聲卻讓他聽見了。

吳新義回頭往屋子裡看。阿水的語氣和大廳裡面所有的大人都朝他的臉看，竟然都失去了方才的愉悅，而直覺得有異。「什麼事？」連他的聲音也緊張起來。他急急忙忙地走進屋子，大家的視線都沒離開他。

吳老先生的大媳婦阿雀把拿著的電話筒的發話一端用手摀著。

「電話啦。」顯然對電話的另一端不滿。

「誰的電話？」老先生還沒弄清楚。

「那一邊的。」

「到底是誰？什麼這邊那邊的。」

「花天房的大兒子啦！」

「他打電話給我做什麼？」他走近電話。

「我也不知道，他說有急事。」

阿水有點生氣地說：「說不在，不接他。」其他人也表示不接好。

「說不在是說不過去的。他們也知道今天我們都回來，老人家一定在家。」有人說。

「幾百年不連絡了，怎麼突然間打電話來？」吳老先生臉色一變，變得驚慌地說：

「會不會我母親出了事？」他伸手要接電話。

阿雀沒有把電話馬上給他。阿雀說：

「不會了，你母親也是他們的母親，聽他的口氣不是這樣的事。」說完就把電話遞給吳老先生。外頭的小孩子都跑進來要老人家跟他們一起看風箏。但是大人和滿屋子緊張的氣氛，把小孩子的興致都壓下來了。幾個小一點的，大人警告他們說：「不要吵！安靜。不安靜等一下爺爺就不帶你們去放風箏。」這麼一說，一時也聽不到小孩子的聲音了。在廚房那兩桌的人也都到廳頭，全神注意聽吳新義講電話。

「我新義。什麼事？」他看到所有的人的目光都集注在他身上，他把臉轉向牆壁。「你講你是KUNI、KUNI是嗎？」他叫對方他們平時叫同母異父大弟的日本名字：國雄。老先生又把臉轉過來講話，想讓大家知道他和誰講話。其實大家都知道是花天房那邊的人，所以才顯得很不愉快；本來都想建議老爸不接這個電話的，連年紀大的孫子們也有意見。因為吳新義的過去，子女他們都親眼看過，他們未出生的過去，和孫子們一樣，聽吳老先生和老太太，或是鄰居和親戚朋友，説過不下百遍了。「一定沒什麼好事！」大廳裡面的大人議論著，把嘀嘀咕咕的聲音放低，很自然地怕對方聽到的一種反應。

「……母親想找我？」老先生的聲音突然吊得很高，並且帶點顫抖：「要來跟我住？」

在旁的人一聽老人家的母親要回來住，議論的聲音就騷嚷起來，已經不顧慮對方聽見，甚至於有的人就是故意放聲要對方聽清楚。

「那怎麼行！老爸是被花天房硬趕出來的哪！」做為子女的阿水忿忿不平地説。年輕時家裡的情形他都看過來了。

「阿爸——！阿爸——！」有一天早上，讀高一的阿水到車站搭火車通學。他從臺北來的下車旅客中，看到比人高出將近一個頭的花天房時，他倒轉過頭匆匆忙忙地先跑回家，未進門就叫嚷著。大人在屋裡聽到小孩子這般驚叫，自己心裡也著了慌，慌得有點莫名的生氣地叫罵出來。

「無啊，你是狗幹到了是不是？叫那麼大聲！」

「阿爸，花天房又來了，你緊走！」經阿水這麼一說，家裡一團忙亂，在餐桌上吃稀飯，準備上學去的一桌小孩，也沒心吃飯，幾個小的被勾起過去的經驗嚇哭了。

「緊走！跑到外頭去。快，不要找皮帶，褲子先用手擋一下。」吳太太說。

「不行，出去會被看到。我上樓栱躲到柴堆後面。」他一邊說，一邊把斜靠在牆壁上的梯子翻過來，梯子的頂端就跨在樓栱口。他急著爬上去，然後他一邊很費勁地把梯子拉上去，底下太太幫忙往上推。梯子才收上去，外頭逆著光，一個高大的黑影已經踏進門了。

「彼箍死人義仔在哪裡！給老子爬出來！」花天房目中無人，如入無人之境。

新義的妻子金魚，帶一群孩子擋在門內，輕聲哀求著說：「義仔透早就出去了，拜託你不要再打他了，他不堪再打了。……」

「無你們查某人的事！」他一邊說，一邊擠開新義一家大小，往裡面走；走到房間，探頭看床下。廚房、便所都去找。金魚乘機會悄悄叫阿水快去找日治時代當過保正的邱堡先生。「你學校也來不及了，找到他你就去上學。」

花天房到裡頭找不到新義，他坐在大廳蹺起二郎腿說：「我才不相信碰不到他。」

金魚沖一杯熱茶，低聲細氣地請天房用茶，並說：「請你用茶慢慢等他。但是你們見了面，請你不要動不動就打他好不好，拜託你好心，不要打義仔啦。再說，他也是七個小孩的父親啊。不要像過去那樣打他。」她說完，淚也隨著掉下來。
「我歡喜啦，怎樣！」
「請用茶，……」
「請用茶，請用茶，怎麼？你是不是茶裡下了毒，怕我不喝茶？」
「你！……」金魚把話吞了進去。
「怎樣？」天房還咄咄逼人。
「你這款人，」金魚說著，伸手要端走茶杯，天房很快地出手抓住她的手，這麼一來熱茶先燙到金魚，金魚自然的反應猛一抽手，整杯的茶就打翻在天房的褲襠。天房像練就一身輕功彈了起來，等他回到地面，一個大巴掌打在金魚的左頰上，她叫了一聲顛到一邊倒了下來。
新義在樓栱上，本來連放個屁都要分成幾十段的，聽到金魚尖叫又挨打的聲音時，他叫起來了。「要打打我，不要動我的查某人。」說著在樓栱的梯口探頭往下看，心裡也急著想下來看金魚。天房來到梯口底下，雙手插腰仰頭破口大罵：「沒羼包沒種的東西，說你那七個小孩是你生的，鬼才相信。有種就下來！」
「你愛打就讓你打啊。」
金魚聽到新義在搬動梯子準備下來的聲音，趕緊爬上來，衝到梯口底下，哭著說：

「義仔——，你可不能下來啊，你後父這款人是無血無目屎。讓他罵又不會痛，要是你下來的話，一定會被打死的……」

「這款人打死算了，留在世間現世做什麼！你給老子下來！」

「義仔，你就聽我的嘴，不能下來。」小孩子也都擁到母親身邊哭在一起。

「還沒打死就哭。要做孝嘛等我將他打死再做還不慢。落來落來，某子都在為你做孝哭喪了。就下來讓我打死你吧！」

「金魚仔——，你有要緊嗎？」新義在樓栱上面很不安，也急著想下來，另一邊又怕死了後父的拳腳。金魚說沒事，但左臉頰正覺得燒燙燙的。「那你肚子裡的小孩有要緊嗎？」新義又問。

天房拳腳不饒人，連嘴巴也惡毒地：「你家金魚肚子裡的小孩，不用你煩惱！落來！」金魚雖然勸新義挨罵不痛，不能下來讓他打。但是當她聽了天房這般侮辱，心裡倒是想寧願挨嘴巴，也不願再聽這種夭壽話。「義仔，我沒關係，你千萬不能下來啊。」連幾個較大一點的孩子，也都哭著叫父親不要下來。這對新義來說，十分安慰。他知道他這樣躲著，並沒有讓孩子們覺得他懦弱。

一高一下，新義不下來，天房一時也拿他沒辦法。他走到大廳想找個什麼的，這時，四五家鄰居的大人，十多個都走進來，用人群把天房隔在靠門口的一邊。這樣的情勢，讓天房勒色了不少。但是他還說：「一家人，一家事，我花天房和吳新義的事，跟大家沒關係，請你們都出去。」

「什麼沒關係？」這天碰到禁屠，滿臉橫肉的刣豬炎仔才有空過來，路見不平開口說話：「好厝邊，好過親兄弟，你懂不懂？你這樣做人甚過分，做人家的後父，孩子不是你生的，打起來不知痛。十多年前，義仔搬到這裡來，我刣豬炎仔就看你打人。今天我刣豬炎仔沒出來講幾句話，我看我也不是人啦！」原來很緊張的氣氛，經刣豬炎仔這麼一說，大家都笑起來了。正義一邊的力量也加大了。「笑，我是說真的。我今天就是被打死，也要說話。」他說話時，還得意的回頭看看臨時變成的自己的兵馬。

刣豬炎仔嫂雖然沒殺豬，夫妻兩人二十多年來感情很好，所以他們不但長有一對夫妻臉，連身材也伯仲，聲音也沙啞。丈夫的話才說完她馬上搭上來說：

「花先生，」不知是故意或是無心，她把姓氏的「花」字，講成花朵的「花」字，那是有相關的意思了。難怪大家又笑起來，並覺得刣豬炎仔嫂，比丈夫還凶悍。她意識到之後，撿聲勢之便，話也說得堅硬。「你剛才說要我們出去是嗎？你有沒有搞清楚。我們現在站的地方是吳新義的家，要趕我們你沒資格。新義買這間房子，他的會我們都有份哪。我們的會還在轉，說難聽一點，會還沒停的話這間房子還是我們的。你知道不知道？」

也不知道什麼時候，連花天房也沒覺得他有些許的移動，他只是雙手交叉抱胸，擺個仰頭傲然不理的姿勢站在那裡。怎麼一到炎嫂的話一講完，他的人已經貼近門檻了。

這時阿水找來的邱堡也來了。他和花天房在日治時代，是小學高等科的同學。他一見到天房，開口就用日語說：

「天房，你喝了酒嗎？」

「沒有。」邱堡的出現，天房的銳氣沒了。

「沒有的話，不要做這種丟人的事。」

花天房緊緊抱胸的雙手放下來了。邱堡一擠進門，天房像是碗邊的水，一滿就溢到門外去了。「怎麼樣？有時間的話，到我家去坐坐。」邱堡也跨過門檻邀他。

花天房禮也不回，逕自往車站的方向走。房子裡面的人紛紛走出走廊，指指點點故意說些話讓天房聽到。但他一次都沒回頭。

在大廳的人，一邊聽著吳老先生講話，每個人隨著電話中提到的，一些能引起他們經驗的或聽來的記憶，及時成為自己想說出來的話，而變得有點搶話說的混亂。有些嗓門大的，輩分大的，敍說能力強的，都能搶到片段的時間讓他說話。但是因為人多，幾個能搶到說話的人，不一會就成為三四簇人的中心人物了。

「如果真的我母親想來依我，我接伊來是天經地義的事。但是，伊已經九十三了，如果是因為伊健康有很大的問題，你們想將伊糊給我……」老先生的口氣緩和多了。「不是，KUNI，你聽我講。你們五個兄弟也都伊生的，伊飼你們長大，一直連你們的孩子，也是伊照顧。伊照顧你們兩代人啊。當時，」他話又被對方打斷，他急著要把話搶回來說：「KUNI，不是啊。你先聽我講完。當時，我思思念念就是要去看伊。任我怎麼求都不答應。還說父親在不方便。你聽我說完嘛。父親死了，我要去給母親做八十大壽，你們五個兄弟也不肯。什麼？誤會？誤會只有一次，怎麼我每次要求見我的母親你們都反對？更不該的是，伊要找我，你們也不肯。……」

老人家的語氣從抗議，到後來變成投訴。看他的眼眶也紅起來，話也塞喉了。

「就是說嘛。」大廳的晚輩越談越聽越氣憤。議論的分簇，被義憤拌成一體。「他們真不知見笑。那一次還說，世間若是沒人，他們也不會來找我們。」

那一天是農曆十二月十三日，天氣很冷，雨又大。整個板橋的街仔，就像各種菇類菌傘的大花園。到處都是雨傘。吳新義和幾個撥空的孩子，帶媳婦和幾個小孫子，還有一對一兩六的金手環，壽桃、豬腳麵線和紅蛋，來給吳新義的母親吳黃鳳，做八十大壽。他想當然，為母親祝壽那有行不通的；本來想組一個四代的代表團來，但是幾個曾孫都在外地和國外。沒想到，他們從宜蘭到了板橋，淋了一身雨，膝蓋以下都濕透了，到花家竟然吃了閉門羹。

「KUNI。」六十四歲的新義敲著門，懇求說：「我們大大小小已經在這裡站了一個多小時了，你就讓我們見伊一面，把生日禮物送給伊就好。你不願跟我談，就叫TAKA或是SHIGE，隨便誰都好。……」

裡面不理不睬，原先從磨砂玻璃窗望去，還可以看到有人在看電視。現在電視也關了，廳頭的燈也熄了。

「阿爸，我們有骨氣一點，人家不歡迎，我們就回家吧。」阿水忍著氣勸新義。

「是啊，我們回宜蘭去。」

「你們說什麼?!」新義生氣地說：「我的母親八十歲的生日，我為什麼要跟他們賭骨氣不見我的母親哪？伊是我親生的母親啊！是我親生的母——親——啊——。」他沒放聲，他傷心地哭起來了。子女媳婦，眼眶紅的紅，鼻酸的鼻酸，連手抱的小孫子也被這心酸的氣氛感染得放聲哭了。

「你們那一個想回去的，就先走好了。我不怪你們。就留我一個好了。」

晚輩的沒一個人敢先離開；倒不是新義教子嚴，是他們夫妻倆教子有一套。他們的身教是有名聲的。老父親思念母親之情，是晚輩他們從小就耳聞祖母是怎麼養育父親，也目染父親為了祖母在花家不受欺辱，做了多少的忍讓和犧牲的。

「阿爸，你怎麼這麼說？你明明知道我們不會這樣做。」阿水說：「天快暗了，回羅東的班車只剩下兩班，……」

新義一聽，心急地跪在花家門前、猛敲打門板：「我不管！你們花家如果不讓我見我的老母親一面，我要在這裡跪到死。」

阿水他們想把新義扶起來。他不肯起來。花家過去，在當地因為有一點財富也算有點頭臉，所以國雄為了面子，開了門出來，目的是要向紛紛圍觀過來的人解釋。他對新義說：

「起來起來，我們受不起。雖然你我同母不同父也算是我的大哥。起來起來。」新義有點高興，以為對方答應了，並且還承認他叫大哥。那知道國雄話還沒講完。新義伸手想握住這位算是大弟的手，他把手移開，又把話接上去。「你免來這套，提籃假燒金。你知道黃鳳我的老母親外家那一頭，因為丁絕，有一筆一甲多的土地在茅仔寮，由伊來承受，你就要來替伊做生日，……」

「你到底是在講什麼？……」新義一時反應不過來，不過覺得全身的血液都湧到頭上來。

「我講什麼？我講你鯽魚仔釣大魷啦！講什麼？」

阿水和阿雀扶著右手貼放在左胸垂頭下來的父親說：「阿爸，我們回去。」新義一句話都沒說，隨晚輩扶他到哪裡，就到哪裡去。外面的雨一直沒停。他們才冒雨跨出去，花家的大兒子拋了一句話：「不要再來葛葛纏啦！」接著「砰！」一聲關門聲，重重地擊醒了吳新義。他一邊過街，一邊淋著雨喃喃不絕地說：「我心肝真艱苦。我心肝……」

跟大人聚在廳頭聽吳老先生講電話的小孩，一時叫他們能夠安靜的氣氛，已經失去效果了。他們一個一個開始浮躁起來，大人再說什麼也不聽了。有四五位年紀大的孫子輩的人，大人叫他們帶所有的小孩，在屋簷下有陰影的地方，就可以看到在曬穀場上的天空飄揚的風箏。有人說要到河邊去看。好幾個大人都反對了。

這時候的風箏，數量和種類都比先前多了很多。並且大會的擴大器，一一介紹風箏的名稱和創作者的聲音，就在吳家的竹圍內，即可聽得很清楚。

「各位觀眾、各位觀眾，大家請特別注意，難得一見的一隻大風箏就要升空了。請大家拍手鼓勵鼓勵——。」靠近拿麥克風的女主持人身邊，許多鼓掌的掌聲，透過擴大器，像被拋入天空中的長串爆竹，劈里啪啦密密地響起。吳家的小孫子們，隔著竹圍也響應外頭，高興地拍手。

「哇！」那個拿麥克風的女聲，驚奇而高亢地叫起來：「飛起來了！飛起來了！好大！好奇妙的一隻風箏啊！」這一次她沒叫人鼓掌，但是這次的鼓掌聲，比剛才的更熱烈，像是一鍋熱到冒煙的油鍋，滑入一條魚進去炸那樣，那連成一氣的砂砂聲，被放大在天空炸響。但是吳家的孫子們，還沒看到那一隻主持人驚叫奇妙並且叫飛起來的風箏，所以下不了手鼓掌。每個人都伸著脖子，想伸過竹圍似地期待著。隨著竹圍外的掌聲，一隻風箏的頭，在竹尾上浮浮沉沉，讓這邊的小孩子看不清是什麼而焦急著。這時來了一陣風，風箏一躍就躍離竹圍的綠色波濤升上天來了。外頭的掌聲才落，裡面的掌聲又起。「是一隻大鳥！」「是一隻孔雀！」吳家的小孩子們正猜著。

「各位觀眾，你們現在看到的風箏，是難得一見的鳳凰，鳳鳥。一般的風箏，只要做得兩邊對稱，大概就可以飛了上天。但是這一隻鳳鳥做出跳躍起來，正展翅，縮腳，拖尾帆的姿勢，兩邊不對稱，所以要做到能這樣穩穩地飛上天，這是很不容易的事。」

乘著風箏吃風，放風箏的選手放線。這時看到風箏往後退，退到快墜下來，刹住線盤，往後一拉，風箏就往高空爬上去。

「大家注意！這隻鳳鳥的風箏，是最後放的，但是它飛得最高。現在我來給各位介紹這位國寶級的風箏師傅。他的大名叫做游祥瑞，今年七十四歲，淡水人。……」聽起來就知道主持人在唸稿。「這一隻鳳凰，花了一個月的時間才完成，因為太專心操勞，現在，據説害病在家未能來現場親自操作。」主持人又感性的説：「嗯！聽起來好感動，真希望游老先生早日康復。」操作鳳凰的選手，大概又放一段線吧，鳳凰又升高變小。主持人興奮地叫起來。「游先生的鳳凰風箏又升天了。」大概她覺得興奮的語句太長了一點，顯得沒力配不上鳳凰的成就，她簡潔地又喊了一次，想振奮在場的觀眾。「看！游老先生的風箏升天啦！大家鼓掌——，游老先生升天啦——！」主持人自己用手拍打著拿麥克風的手，空中同時播散著拍棉被噗噗的聲響，和就近的掌聲。接著，有一個男人略帶焦急又覺得好笑的聲音，從遠處接近麥克風叫：「陳小姐、陳小姐。把麥克風關一下。」

「為什麼？」

「把麥克風關一下。」這聲音已經在主持人的身邊。並且這位男士以為主持人關了開關。他說：「你說做風箏師傅游老先生做鳳凰風箏做出病來，你剛才又說游老先生升天啦！這怎麼可以？」

「啊！」主持人叫了一聲啊，像是摀著嘴，這情形都由擴大器播了出來。

吳家的大孫子聽了，都笑起來了。小孫子們卻不知他們笑什麼。有一位大孫笑著往大廳闖，也不管裡面的緊張氣氛。他一踏進門還在笑，且一邊說：「真好笑……」他的父親望他眼睛一瞪：

「人家在講電話，不要吵。」

「人家要告訴你們一件很好笑的話……」

「等一下再說。」父親抬起下巴，往外一指，小孩乖乖退出去了。

吳老先生的語氣越來越軟化了，如果還有一些堅持，那是因為身邊大大小小，都有形無形地表示不要聽對方的話，跟他們再往來。

「現在不是我的問題而已。我的孩子、孫子，他們都大人了。我做的事，不能讓他們被人笑。不是。你聽我說。我這麼說你還聽不懂？……聽懂最好。」

「KUNI？」阿水問。吳老先生點頭。「你跟他說，叫他有志氣一點。過去他年輕時候，你是怎麼照顧他們，他們長大了，又對你怎麼樣？」阿水的話，對方都聽到了。

「是啊，是阿水。」老先生說：「你不能怪他們啊。你花家對我的事，他們都看到，甚至於他們也是被欺負在內……。什麼過去，我沒有耶穌那麼偉大，也沒有媽祖婆那麼慈悲。我是人。什麼？……是啊，你也是人，你是真匪類的人。」

「不要跟他說那麼多了。」晚輩的覺得老人家，已經掉進對方的圈套；對方就怕我們不跟他談，只要能談，什麼都在忍受。「他們那五個兄弟，沒有一個像樣的。尤其是這箍大的KUNI，說是去日本讀大學，什麼早稻田，在那裡花天酒地。他們的花天房也被騙得團團轉。」阿水越說越氣。

「姓花的，你不叫他花天酒地，不然你能叫他什麼？」老三的阿文終於開口說笑話了。

花國雄騙花天房說他在日本留學的第三年，有一個晚上，從來都沒吵過架的新義夫妻倆，金魚哭了一個晚上。新義也沒有辦法睡覺，在房間裡面，壓著聲音嘀嘀咕咕。

「……再怎麼壞也是我的弟弟，是同一個母親生的啊。」就為了花國雄又從日本東京打給他的一份求救電報，新義一時籌不到錢，一邊又要替國雄保密不讓花天房知道，他懇求金魚，把嫁妝和新義差不多每年都會送她的一些金戒指、項鍊、手環和耳環等等，讓他拿去變賣，準備去日本替國雄解決，他還不清楚的事。「你就算是借給我好了，我一定會慢慢還你，還加利息。」

「你說什麼話？好像我跟你計較什麼。我是心裡想，目前兩個小的我們還不知道，前面這三個大的，特別是國雄，那是無底的深坑，再多的錢丟進去也填不滿的。你這樣做值得嗎？」

「值不值得？我是沒去想。我只想弟弟有難，我做大哥的就應盡力……」

「你哪一次不盡力？就因為你每次替他盡力，他才好款起來。花天房你也這麼說，經過母親的就是父。你做中人代書，賺多少他就拿多少。你買地、買房子都過在花天房的名分上。他把土地一塊一塊地賣掉，房子也一樣。……」外頭的公雞叫了，講到這些話，金魚才沒哭，語氣也帶一點咬牙的勁。但新義聽起來就像將要窒息，整個人就被綑綁得緊緊似的。他受不了。無法面對事實。

「你不要再說好嗎？」新義有一點點惱怒。

金魚一聲不響，慢慢地下了床掀開床櫃，不一下抱一只小木箱，輕輕地放在新義的前面。「全都在這裡面。不過你拿去之前，讓我把話說完，……」

「你這什麼意思?金魚。」新義緊張地握住妻子的雙手問，並在昏暗中湊近臉看著金魚。

金魚輕輕地笑起來說：「你不要亂想。你以為我要去死嗎？不會的，我不是那麼沒責任的人，我還要看我們的孩子怎麼長大哪。」

新義一時變得像小孩子在母親的面前一樣，低下頭掉起淚來。金魚從新義的手中抽出雙手，反過來把丈夫的雙手合在一起握著。她輕輕地將額頭壓在他的頭蓋骨說：「我能嫁給你這款的人，是我前生世修來的福氣。世間要找到像你這款人，可以說少之又少。但是好人做到底也是要有一個程度。你也知道，你後父花天房在樹林那裡，也養了一窩七八個頭嘴；那裡，這裡，還有我們自己都是靠你這個吳新義。說你是三頭六臂，但是現在開始你漸漸堪不起。蠶仔小的時候，幾片桑葉就可以養牠三、四十仙，等牠長大要織繭之前，你摘桑葉仙摘也來不及讓牠吃。同款，你義仔一個人這樣下去，骨頭也會被嚼了。天房打你，你就給錢，……」

新義越聽心越酸，不只淚水，鼻涕也淌下來。「我是希望他拿了錢，就不要打母親。」

「這我都知道，特別是你的事，都會遷怒到老母的身上。」
「我們的母親真可憐啊！」說著泣成聲來。
「好了好了，不要讓小孩子聽見。天打灰了，你整晚沒睡，躺下去睡一兩小時。我要起來煮稀飯，小孩子要上學了。」
新義倒不是聽金魚的話，他躺下去用被蒙著頭，在被裡哭起來。金魚拍拍被把一口氣嘆得長長的，長到幾將氣絕。
在外頭看風箏的小孩子的笑聲，興奮的鼓掌喧鬧聲，像一股浪沖進大廳。
「爸爸——媽媽——快來看無敵鐵金剛！」
「快來看無敵鐵金剛啦！」
有一位沒聽清楚的媽媽，怕小孩繼續吵到裡面，她跨出門檻，本來想告訴他們，說大廳現在有事情不能看電視。隨小孩子的視線稍仰頭，她也看到無敵鐵金剛的風箏，左右搖搖擺擺地想努力爬升。
「各位觀眾……這個風箏不用我說小朋友也知道。」女主持人說：「對！就是無敵鐵金剛。」從擴大器也聽出靠近麥克風的大小觀眾興奮地喊出答案。
但是這一隻無敵鐵金剛，不但看來笨重，實際上飛起來也相當吃力。從吳家的曬穀場望出去，它只能在竹圍前一排竹子枝葉擺動的末梢地方，搖擺等待一陣強風來推它一把。不一會風是來了，無敵鐵金剛是飛高了一點，但是它一左一右搖擺的距離拉得很大。先前的那一隻鳳鳥風箏高高地君臨在其他風箏之上，它定定地停在天上不動，好像整個世界就以它為中心。

「各位觀眾：這一隻無敵鐵金剛的風箏，儘管小朋友替它加油，它還是很難飛上去。它實在太重了。根據無敵鐵金剛的創作者方傑先生說，他絕不會讓小朋友失望，他調整一下等一下就可以飛上天的。」主持人才說完，大家就看到無敵鐵金剛收線，它在空中成癱瘓狀地搖墜下來。

吳家的小孫子看到無敵鐵金剛沒飛成功，突然想到媽媽就跑進屋裡來。有一個跑進來，同樣年紀大小的也都跟著跑進來。大廳裡面的氣氛比剛才更凝重。

講電話的阿公或阿祖怎麼在難過呢？小孩子自然小聲地問大人。大人暗示他們不要講話。

「二、三十年都有了，都沒聽伊講要找我，這怎麼會？」吳老先生半信半疑地問：「好啊我電話不掛，你去請伊來聽電話。」老先生還是把聽筒貼在耳朵，他顯得有點緊張和激動地面對大廳裡的晚輩說。「我母親要來講電話。三十多年了，自從我被趕出花家，花天房就不讓我見伊，也禁止伊見我。我們連電話也沒通過。伊好像答應天房不跟我連絡。有一次他們還沒搬到板橋，伊曾經透過一個賣菜的查某人，來跟我偷講，說為了我好伊才不得已不跟我們連絡。要不然……」吳老先生以為那一端有人來接電話了，他激動的，「喂！我義仔啦。喂！喂！」原來是他緊張。還沒有人來接。

「慢慢講，不要激動。」在場的年輕人說。

「我，我們三、四十年沒講過話哪。」老先生的淚眼底下，綻開一朵微笑。「怎麼那麼久沒來接電話？」

「你太過緊張了。你老母親九十多歲了，從伊的房間走到客廳，也要一段時間啊。」

「九十三了，聽說還很健康，聽力差一點，講話要大聲才聽得到。現在唯一的毛病就是近四、五十年來的事，全都忘了，人呢，只記得我。還叫我小時候的名字戇義仔，伊向他們說伊要找戇義仔。」好像對方的電話有了動靜，吳老先生把聽筒牢牢地抓緊，提高聲音說：

「喂！姨啊——我戇義仔了。」他整個神情又變回來。「你不是說叫老母來聽電話嗎？」

大廳的人知道老人家叫錯人，大家都笑起來。

「KUNI！你不可騙我。你大概忘記那一次在日本你在我的面前怎麼說？」

那一次金魚拿出她所有的金飾，讓新義去日本解決國雄的問題。當新義見了國雄，才知道問題比想像的嚴重得多。國雄不但沒上大學，還在一家小酒館捧一位叫節子的小酒女。小酒女還懷了孕。

「國雄，三年來家裡寄來的錢，除了你說學費、生活費等等，你還多要的，我都偷偷寄給你。你就是這樣花掉？」

「大哥，你千萬不要讓父親知道。我們再花一點錢我可以弄到一張文憑，回到臺灣我就可以賺錢了。」

「節子的問題怎麼辦？」

「這一件事有兩個極端；要她打胎和解，需要一筆錢。不過她家是窮鄉青森縣的鄉下人，好講話，可以少花一點錢。另外，我打算娶她回臺灣。娶一個日本人也和文憑一樣，人家會尊敬我們的。」國雄還得意地笑著。

「你這個人真無恥！」

「大哥我知道我錯了。你就幫我這次，一次。我永遠永遠記住你的恩情。你知道嗎？我總覺得你更像一位父親。」

「不要亂說話！」

吳新義回到家一算，國雄在那裡欠的債，和需要解決的費用，算算竟然把金魚的金飾全部賣了，還得賣掉一間房子。但是不動產的名分又是花天房的。為了這一件事，新義先斬後奏，賣掉宜蘭北門的一間房子，才讓國雄在日本多混一年，表示大學四年畢業。節子墮了胎，又把她娶回來。當花天房查到這一筆房子的帳，新義擔起來，編一套謊言說做了新投資失敗了。也因為如此，新義過去賺的錢和不動產，花天房照數吞了，人家沒吭氣不打緊，還動不動就打新義要這一間房子的錢；想要錢就來打人，搬到板橋也不忘坐火車來宜蘭打人。零零星星也給了好幾年，加起來也超過那房子的錢，他還是有藉口打人要錢。

「阿爸，好了。不要再跟他講了。」阿水看父親被電話纏住，心裡十分不舒服。老先生並沒理他。

「大家說愚忠愚孝就是這種人。」大孫已經在當老師的明德說。

「他啊，一聽到母親，什麼事都行，死也沒關係。」

「我們體會不到的，老人家對母親的那一份感情。他們是從餓死的邊緣度過來的哪！」阿水最能體會父親的心情。

外頭看風箏的小孩又叫嚷起來。

「無敵鐵金剛、無敵鐵金剛，……」

無敵鐵金剛的風箏，這一次是較為順利地飛上來了，但是樣子有了改變；那就是頭和兩邊的肩膀上面，總共多了三個大紅氣球飄浮著。

大會的廣播又說話了。「各位觀眾，無敵鐵金剛的風箏又上來了。這是方傑先生原來的設計。但是加了外力的氣球，是違反比賽規則的。所以這次他算是參加，沒有資格比賽。這完全是為了小朋友想看到無敵鐵金剛，不叫他們失望，大會才通融的。我們還是謝謝大會，也謝謝方傑先生。」

鼓掌的聲音零落。無敵鐵金剛升是升上去了，還是搖擺不穩，左右距離拉得很大；就在這搖擺之間，肩膀上的氣球爆了一隻，無敵鐵金剛在天上，馬上往右邊偏斜過去，去和鳳鳥風箏絞線。

「請把無敵鐵金剛拉開。」播音裡說。

這時，頭上的氣球又破了，只剩下左邊肩上的氣球，所以變得更不平衡而打起轉來，這麼一來鳳鳥風箏的線，完全被纏住了。最後近鄰的兩三隻風箏也遭了殃，一起被無敵鐵金剛給捲在一塊掉落下來了。

「啊！糟了！」擴大器裡叫著：「唉！都掉入河裡了。」

小孩子把它當著一件大事，跑進來叫：「無敵鐵金剛和鳳鳥的風箏，還有別的風箏絞線，都掉進水裡面了。」

「噓——！」坐在門口大人攬住了他。

「我要媽媽。」小孩子想推開攬住他的手。他一邊用力，一邊稍微小聲說。但這已經讓全廳的人，很不愉快地回過臉看他。小孩子嚇了一跳，反而更想擠進去找媽媽。

「吉米！」媽媽壓低聲音警告他，也是沒有好臉色讓他看。

「媽媽，」小孩子更慌張。沒有辦法把剛剛進門說的話、說得完整。

「無敵鐵金剛和風箏都掉下來了。在水裡。」小孩經過坐在椅子的幾個大人的關卡，最後鑽進桌子底下，才爬到媽媽那裡。媽媽要他不說話，吉米還是伸手要媽媽低下頭把住媽媽脖子，貼近媽媽的耳朵，又把話說了一遍。這樣他才靜下來。

吳老先生的手在顫抖，有人搬椅子讓他坐下來。「慢慢講。」

「我想這次是真的啦。」他坐下來說：「我們三、四十年沒講過話了。」因為他的話一再重複，大家忍著笑，還是有人忍不住。

「真的，我，我們三、四十年沒講過話了。」

這次大家帶著感動笑了。

「你們安靜！」老先生聽到對方擱下來的電話，傳過來KUNI和其他人的聲音，叫那邊的老人家慢慢來。那聲音已經很近。吳新義坐不住。「來了，他們牽著伊來了，還叫伊慢慢。」他像是在做實況轉播。「噢！不要講話。喂！喂！我戇義仔啦！」他激動的，但一下子又緩下來。「KUNI，你不是把伊帶來了嗎？我聽到了。……好好，好好，你拿給伊聽。」老人家又激動了。

「坐下來，慢慢講。」

吳新義才坐下來，一下子就站起來，大腿把圓板凳往後一頂，板凳倒下來了。

「喂！姨啊，你姨啊是嗎？喂喂，你姨啊是嗎？我戇義仔啦。……」老人家的眼睛又蓄了兩顆淚水，回頭向大家說，「我聽到伊講話，伊怎麼沒聽到我講話呢？」

「不要急，慢慢講。你就直接叫伊，說你是戇義仔。不要問你是姨啊，……」

「喂！KUNI，現在到底怎麼樣，為什麼講講就沒了？……是啊，我聽到伊的聲音了。好好。」老人家又對大廳的聽眾做說明說：「伊現在的事情，現在的東西都忘了。伊不知道可以對著電話通話。KUNI要替他拿電話。好，伊來了。我們三、四十年沒連絡了。」

「坐下來講。」

吳老先生沒有辦法坐下來。

「喂！好。」他回KUNI話，準備跟母親說：「姨啊，我戇義仔啦，你還記得嗎？

「是啊，我戇義仔啊，在茅仔寮出世的啊。茅仔寮你還記得嗎？……對對，茅仔寮。

……

「對啊，噢！你還記得大水？……是啊，厝都流了了。……是啊，三餐都吃番薯和豬菜。……哇，你還記那麼多。……」

吳老先生一邊笑，一邊流著眼淚。

「……你不知道你現在在哪裡？你現在住在板橋KUNI那裡啊？……你不認得他們？……

「我現在在哪裡？我在冬瓜山，……

「……我是誰？我是你的大兒子戇義仔你忘了……是啊，我是戇義仔啊。有一回我哭著不吃番薯，把番薯丟到地上，你打我，我哭你也哭，……記得啊，怎麼會忘。……

「你不知道你現在在哪裡？……好啊好啊，我去帶你回來。……什麼時候？我晚上就到。……會，我知道路，我會去。……

「……不用了，不用坐渡船了。現在都不一樣了，蘇戇槌那位撐渡伯仔過身了。……

「我跟你說過了啊，我是你的大兒子戇義仔……我在聽，你講。……不會，不會向別人說。……

「我怎麼會不知道我的親生父親？……他叫吳全。……知道啊，瀉肚子死的啊。……

「……被毒死的？……花天房？……

「喂喂！喂喂！」電話突然聽不到老母親的聲音。老先生一直叫喂，電話終於通了。

「喂！是KUNI你呀，我母親呢？……頭殼壞了！亂講話？……但是過去的事記得很清楚啊。……這樣好了，你不是要我帶伊來和我住嗎？我等一下就去板橋。這裡有人載我過去，大概未晚就到。……你會在家等我嗎？……好的，好的。有事情隨時連絡。好了好了好了，我知道。」吳老先生擱下電話，激動地說：

「沒想到這一輩子還有機會跟母親見面。我們三、四十年沒見過面了。三、四十年了，你們說有多長啊。」

「阿爸，你真的要把阿媽帶回來跟你住嗎？」阿水有些顧慮。

「你們說呢？」吳老先生反過來問大家。看看沒人能回答這問題時，他說：「我知道你們很難做決定。對我來說，這個問題很簡單；我是伊的兒子，伊說要回來跟我住，我只有說好。並且你們再想想看，伊現在不知道伊自己是住在誰家，在哪裡？所以找到我，一心想回來。我想麻煩一定有，可是誰叫我是伊的孝子？」

「其實我們也不是反對。如果照顧母親也是子女的責任，他們花家不應該在這個時候才把阿祖送回來給你照顧。說難聽一點，你也欠人照顧。」當老師的明德說。

「沒有問題，走一步算一步。往好處看，我們吳家是大團圓哪。今天重陽節我們拜祖先，吳家的祖先都回來了。你們大大小小也差不多都回來了。我的母親，你們的阿媽也好，阿祖、阿太也好，今天都連絡上了。這不是大團圓？」吳老先生顯得很愉快。「我們吳家的祖公仔，還有我的牽手你們的阿媽有靈，才會在今天把我們湊在一起。」

孫子輩的看法可不一樣，但是看吳老先生能達到他的悲願，也就不再跟他老人家談以後諸種現實問題。

明德志願載祖父去板橋會阿祖。他分析阿祖這種後半生遺忘症，是一種自我強迫性的，也是逃避型的遺忘症。他認為吳黃鳳帶著與吳全生的孩子吳新義改嫁給花天房，是為了孩子不要再天天吃番薯過日子，那知道貧困的問題解決，換來兒子到花家之後，變成做牛做馬替人工作還受虐待，做母親的又不能為兒子改變絲毫的苦楚，她自身也難保。其實，花天房當時只是為了吳黃鳳的姿色娶她的。

「真的，伊少年時長得很像穿破衫的仙女。到後來老了，也一樣長得像仙姑。」老先生想起母親的模樣，驕傲地說。

「仙女漂亮，仙姑也漂亮？」有人故意打趣問。大家都笑起來了。

「這是做個比喻，不信伊現在九十三歲了，我相信伊還是很好看的，絕不輸別人。」吳老先生這麼說，腦子裡很快地掠過一束記憶，那是他被花天房趕出家門的那一年春天。花天房在樹林養一位叫烏肉的女人，被母親知道。母親當時只問他有沒有這一回事，就被花天房揪在地上踢打，新義去護母親也被打。因為護母親，勇氣也大，新義說：

「我母親哪一點讓你嫌！講乖，家裡那一件事不是伊做。講漂亮絕不輸別人！」

本來盛怒的天房聽了新義這麼說，竟然笑起來。他說：

「漂亮什麼用，一塊像棺材板，我又不是豬哥騎椅條……」

黃鳳從地上很快地站起來，跑到後頭去。

「怎麼？不敢聽是嗎？人家烏肉在床上，敢講ㄐ講ㄌㄢ，講垃圾話仔。嘿嘿嘿。」他看愣在那裡的新義說：「你還年輕不懂。像你母親這種查某人，去吃菜做尼姑最適當。」

吳老先生剛才那愉快的神色沒了。

「阿爸，剛才你講電話，跟你母親講的那一段，好像說花天房毒死吳全，到底有沒有這回事？」阿水問。

「這是很嚴重的事，但是你阿媽頭殼有問題了，伊講的話會準嗎？」他沉默了一下。

「我想伊頭殼腦筋有問題。」

「不是說伊忘記的是後半世，早前都記得很清楚嗎？」阿雀問。

「是啊。那麼你們現在叫我怎麼樣好呢？」大家沒回答。老先生又說：「怎麼樣才好？花天房早就死了，骨頭也可以拿來打鼓了，我們又能怎麼樣？」

「我們沒有別的意思。是剛才有這樣提起，只是問一問而已。」阿雀做了解釋。

吳老先生也明白晚輩並沒有要他去為生父追求刑責之類的事。

電話鈴又響了。老先生最近電話。電話只響一聲，他就拿起電話：

「喂！我是……」

他聽對方的話一直點頭和說「是是」、「好好」。大概有一兩分，才輪到他說：「明天，上午比較好。就這樣，好好。」他放下電話向大家說，是KUNI的電話。

「KUNI說母親跟我通了電話後，哭了，說很久很久沒看伊哭過，現在去睡覺了。KUNI現在建議我們，說不要今晚去，太晚老人家睡覺，不方便，叫我們明天上午去接伊。這樣他們也可以做些準備。這樣明德還可以載我嗎？」

「可以啊，週休二日。」

第二天天氣很好，秋高氣爽、蔚藍的天空，才九點，大會的人員都還沒到場，風箏就滿天鳴叫了。昨天掉入河裡的無敵鐵金剛又出現了。今天就顯得輕巧多了；高高穩穩地掛在天空，最引人注目。明德的小孩要爸爸搖下車窗，讓他探頭出去看個清楚。

「啊！那個無敵鐵金剛修改過了，它的無敵劍不見了。」他轉頭尋找：「噫！昨天那一隻很漂亮的鳳鳥不見了！」

「好了好了，把頭縮進來，車子要上公路了。」

「明德，我們大概幾點會到？」老先生問。手裡還一邊在裝紅包。

「十二點就可以到。」

「這就不好意思，人家正在吃飯。」

「不會啦。他們知道我們會去，他們會有準備的。」

正如明德說的，十二點多一點他們到了花家。花家KUNI一改過去，對吳老先生他們很客氣。吳新義一進門就要找母親。

「先喝茶休息一下，我們一起吃飯。」國雄看大哥不放心。「伊在後尾間，剛剛才進去休息，我帶你去看。」

明德和小孩留在客廳，吳老先生隨國雄走到裡面房間，門沒關，一塊舊門簾遮住。國雄小聲地說：「你還記得這一塊門簾嗎？」

「記得啊，繡有鴛鴦水鴨一雙，還有這四個字『琴瑟和鳴』。」

「現在是靠這一塊門簾布和裡面的一只舊尿桶，證明這是她的家。每次吵著要回家，我們就指這兩樣東西讓伊認。不過現在不行，伊還是吵著要回去茅仔寮，說那裡有絲瓜棚。伊都忘了。」說著悄悄把門簾撩開一個縫，讓吳老先生看看裡面。老先生正好看到母親坐在梳粧臺前梳頭。幾根還沒攏在一起的白髮銀亮四散得像光芒。吳老先生乾脆把門簾撩開，輕輕地叫「姨啊！」叫了三聲都沒回應。

「耳朵很重。」

吳新義走近去，站在吳黃鳳的正背後，他看到母親的背，也看老母親的正面。正好他昨天向家裡的人說的，他相信伊一定還很好看。

「姨啊！」

她還是沒聽到，不過她從鏡子裡看吳老先生。她還對他笑。然後一邊轉身一邊說：

「這間旅社窗戶都不關，你看，常常有一好漂亮的查某囝仔對我笑。」

當她完全轉過身來的時候，老先生馬上跪在她的跟前大聲叫：「姨啊，我戇義仔啦！」他激動地哭起來。但是她馬上把老兒子放在她膝蓋上的手推開。帶著訓示的口氣說：

「做查甫人要有志氣，不能半路認母親。」

「我戇義仔。」

「什麼？」她問：「大聲一點。」

「卡桑。」國雄說：「他就是大哥新義仔，你記得啊。」

「我就是戇義仔你的兒子。」他站起來靠近她的耳邊說。

「我怎麼會不知道我的兒子長得什麼樣！我的戇義仔沒你這麼老。」

「我昨日在電話裡跟你說過，你說你要回家。我就是來帶你回家啊。我是戇義仔——。」

「我知道戇義仔要來帶我回家。是他叫你來是嗎？」

「我就是贛義仔要來帶你回去的。」

「不行，不行。我不能隨便跟人走。以前我跟一個叫花天房走，害我心肝艱苦一世人。我才不要那麼傻了。嘻嘻。」她笑了。

「卡桑。來吃飯。」國雄說。

吳老先生忍著不激動在一旁，但是淚流不停。

「現在的人真好。我又不認識他們。他們讓我吃，讓我住都不用錢。還對我很客氣。現在的人比過去的好。」她回轉頭往梳粧臺看了一眼。「你們看，窗戶外面的查某囝仔又在看我。」她順手在桌面抓起一兩串，花家小孫子們玩的塑膠項鍊說：「他們這一家旅社的人客真不仔細。看！這麼貴重的珍珠瑪瑙，亂丟在地上。敢沒人回來找？」

吳老先生想了一下，想試探老母親的記憶。他大聲地說：

「戇義仔說，他小時候吃番薯吃到怕。三餐看番薯就哭。」

「有啊。有什麼辦法。去大伯那裡借過啊，那時候茅仔寮，那一家不吃番薯的。是我們母子命比人差，三餐都吃番薯，吃了好幾年。一枝草一點露，我們也沒被餓死。」

「來！來去吃飯。」國雄想牽她。她不要。

「我還不餓。你們先呷。緊去，緊去。這是查某人房間，查甫人不可以進來太久。緊出去，不要讓人講話。」

難過中的吳老先生也覺得好笑。

「叫不動的，除非伊想要。我們先去吃飯再說。」

「姨啊，我們先去吃飯。」

「緊去緊去。」

國雄帶大哥到餐廳，在甬道時新義對國雄說：「KUNI，你把母親照顧得很好。謝謝你辛苦了。」

「應該的，應該的。」

「以前你回來和節子開了一家酒家，後來還聽說酒家收了，開一家撞球店……。」

「不瞞你說，後來撞球也賠了，就改乒乓店。」他們已來到飯桌前站在那裡想把話講完。「後來好在我的第二女兒嫁給馬來西亞的一個華僑，他們做木材生意做得很大。今天我的生活都靠女兒了。坐坐，坐下來吃飯。我去前面叫他們來吃飯。」

吳老先生坐下來說：「明德是我的大孫，阿水仔的。現在做老師。小的是我的曾孫。今天就是帶他們來，要給老母親看看。」

「好，我去叫他們。」

節子從廚房又端出一碗湯來。吳新義不知道節子的閩南話已經說得很好。他用日本的敬語跟節子招呼。

「是啊，好久不見。我變很多了。」節子是用閩南話回答他。兩個人都笑起來了。

「真辛苦你了。你照顧我母親照顧得很好，一定讓你勞煩多多。」

「不會啦。伊老人家從年輕時就愛乾淨，除了自己的事，家裡伊能做的都會幫忙。只是最近很快地忘了很多事情，我們伊也都認不得了。」

明德和小孩都進來了。吳黃鳳也來到飯廳；她是要到客廳看電視。

「姨啊，來吃飯。」

「我要去前面看電影。你們吃，你們吃。」她一手扶著牆壁繼續往前走。吳新義本來想介紹她的孫子輩讓她高興。但一想到她連她自己的兒子都認不得了，就沒介紹。

「你們坐下來吃飯。我到前面替伊打開電視。你們先吃。」國雄說著就隨老母親出去。

「告訴伊說那是電視，伊就不說，說是電影。真希望我老了不會這樣。」節子說。

「伊都看什麼節目？」

「新聞！」

「新聞？」

「是啊，別的，就是歌仔戲也不看。就是愛看電視新聞。有時看伊不在看，轉了臺伊就反對。只要新聞節目，不管是國語、臺語都看。」

國雄進來了。他笑著說：「老母親愛看新聞節目。只好轉到第四臺的整點新聞讓伊看個夠。」

時間正好是下午一點，整點新聞一開頭就是一件獨家新聞，吳黃鳳看著電視，很注意主播的長相和服裝，至於主播小姐帶著興奮的情緒播報說：

「各位觀眾，時代真的變了，今天凌晨兩點，在中和的Seven-Eleven遭到一位女性搶劫。店員以為她是女性好對付，結果對方身手不凡，一下子就把比她高大的店員撂倒地上。結果來不及搶錢就跑了。整個過程都被錄了下來了。警察人員表示，這個兇手不難找到。」女孩子學擒拿的不多。電視將這個乾淨俐落撂倒店員的畫面，重播了三次。吳黃鳳一個視若無睹。她站起來唸唸有詞，自言自語地向裡面說：

「好，你們說會叫我的戇義仔來帶我回家，結果騙我，隨便叫一個人就要帶我走。我才不傻，我被花天房騙一次，我已經學聰明了。沒人帶我回去，我自己也會回去。我一出去叫手車仔帶我到渡船頭。到了渡船頭？渡公蘇戇槌就會用船帶我到菜瓜棚下，前面那一塊竹圍裡面，就是我們家。」她看裡面沒人理她，因為電視聲音開得很大，沒人聽見。她又叫：「頭家啊，真多謝，真勞力，我要回去了。」說完，她打開門，就往車水馬龍的街上走出去了。

原載一九九九年四月號《聯合文學》

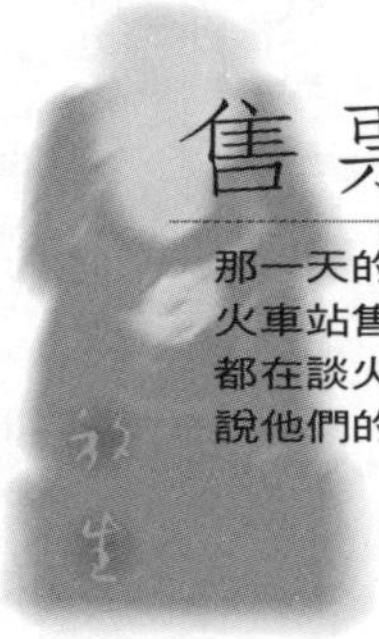

售票口

那一天的清晨近五點的時候，
火車站售票口前的老年人，
都在談火生仔、老里長和七仙女的事。
說他們的子女都回來了。

8-6-99

寒流的冷鋒夜襲，這個原本就顯得濕冷的溫泉鄉，一夜之間，從昨天的攝氏十八度，再降到攝氏十三度；依山那裡的村里，草地上都結了一層霜。

老人家特別怕冷；天氣一冷，在夜晚又特別多尿，然而每次的尿量又像釀酒，就是那麼滴幾滴。難怪以前有一則笑話，説從前有一位鄉下人，半夜裡半睡不醒地站在尿桶前撒尿，但是排尿卻一滴一滴地滴到天亮還沒排完。原來隔房在釀酒；釀成的酒是一滴一滴滴下來的。火生仔已經衝鋒陷陣衝了三次了，怪的是，一急起來就像要失禁。但是，知道它每次只是雷大雨小，放從容一點，它卻又會閃出來；好在措手算快，只讓掏槍的右手弄濕而已。到凌晨四點半，尿又催急，想多憋一下都由不得自己。這明明是惡作劇，又找不到頭。氣溫更冷，冷得叫他關節痠痛不打緊，那纏身已久的，所謂的「老人久年嗽」的老毛病也醒過來，爬上喉頭叫喉頭癢得無法忍俊。從臥房到廁所，短短幾步路就分成三次才走到。因為一咳嗽起來，前後接得緊密，呼吸不易銜接，內壓把血液沖到腦袋，頭暈眼也花了。這時非得停下來，扶著牆壁才不至於跌倒。然而尿又逼得緊。這樣一連串的循環，因為跟尿有關就變得有點像惡作劇。當然，他知道他老了，身體不靈光了，自己七十三的年歲就是那個惡作劇元兇。經他這麼一想，好不懊惱地生了一肚子無名火。好在有一個小小的插曲，弄得自己也啼笑皆非，才消了些氣。當他站在尿斗面前，拉開拉鍊，高高掀起左手邊的短褲管，老雞雞竟然只顧它自己，冷得縮頭縮尾避寒不見了。但是內急外不急，火生仔急急忙忙低頭找尋，他在二十燭光的燈光下，朦朧地看到皺成一團皮的地方，用手指探也探不著。看有一處皮皺成一個像沙皮狗的眼窩的漩渦處，以為那即是龍頭蛇口，挾住它一拉，心一鬆禁，尿也就放出來了。不過是從上頭，離他手指挾拉出來的皮，還有三里路的地方。當他發現失誤，想禁也禁不住了；手濕，內褲和長褲也濕了。沒想到這次排放的量，少說也有半碗。除了想禁的那一剎那下體痛了一下，然後豁出去不管他的感覺竟然舒暢又暖和。該更懊惱的事，一轉變，讓火生仔禁不住噗嗤一笑：老了！真沒路用。經這樣調侃自己一下，心裡的感覺好多了。

老伴的身體比火生仔更糟，二、三十年的氣喘病嗄龜，唯一的一帖靈藥，鄉下人說：嗄龜，斬頭蘸火灰。意思是好不了。她晚上睡覺氣喘聲吵人，所以分房睡在後落的小房間。因為怕風，房門關得密不通風。火生仔心裡有點擔心，怕剛才的咳嗽吵到老伴。因為老伴的睡癖不好；不容易入睡。睡了，一旦被吵醒整個晚上就乾瞪眼到天亮。他不見老伴醒來，心裡放心多了。好在熱水瓶尚有半瓶多的熱水。火生仔抖抖顫顫地脫掉下半身的衣著，洗了一下身上的尿味。不一下子水冷了。他還來不及回到房間，老人久年嗽又讓他咳得內褲只穿上一腳，褲子就滑到地上，無法彎身拉上來穿好。

「你怎麼了？」老伴玉葉喘著氣，一邊說一邊在背後拍著火生仔嗽得弓起來的背。

火生仔雖然嚇了一跳，在這無依無助的時候，知道是老伴在身邊，心也就不那麼驚慌了。他的咳嗽無法讓他說話。

玉葉看了看火生仔的情形，知道老先生體諒她，怕吵醒她，什麼都由他自己來。她手帶著感情適當地拍著火生仔的背。「你應該叫我的。我一直沒睡覺。就是沒聽到你起來。」玉葉一邊替他把另一隻腳也套入褲管，接著把短褲拉上來。「褲子怎麼這麼穿？」她只是隨便問問。但是火生仔卻認真地在心裡回她的話：「你瞎了？眼睛沒見?!」當然玉葉只聽得見火生仔的咳嗽，聽不見他心裡說的。這種情形，好像久年的嗄龜，比起老人久年嗽好多；至少玉葉可以一邊拉破風箱喘氣，一邊講話。「不是早就叫你不要穿西裝褲睡覺？看你現在才弄得來不及小便。人一老了跟小孩子一樣。」好在咳嗽咳得凶的時候，一下子也聽不清楚別人說什麼，要不然他一定會不高興。

「你忘了嗎？今天要去給春木仔他們買車票啊。他們回臺北才有座位。我就是想到這件事才慌了起來出來看你。……」

「你只知道你的兒子孫子沒有座位，個老子嗽死也沒關係是不是？」話是這麼說，可是玉葉聽起來，只是咳得更厲害的咳嗽聲而已。她更用點力拍打火生仔的背。他稍移開身子，表示不用她拍打。她還是移近他繼續拍。

「今早太冷了，不要出門。不要去買票了。」如果老人家真的不去排隊買票，孫子他們也就不會回來。要他去買票嘛，這麼冷的天氣，要他去排三個鐘頭的票，也太委屈他了，何況他又咳嗽得這般厲害。本來無法對自己的年歲跟自己惡作劇，拿自己來發脾氣，這下總算逮到玉葉嘮叨裡的把柄，可以發洩發洩，卻又咳嗽得不能自已。現在咳嗽有了間歇，又聽到老伴勸他不要去排隊買票。所以氣也使不上。「你這種人啊，咳嗽成這樣，人未到，聲先到，當不了小偷。算了，快進到房間穿好衣服再縮到被窩裡暖和暖和。」玉葉說。

「怎麼？昨晚又沒睡好？」他也關心她了。

「有什麼辦法！」一躺下去，上氣就接不上下氣。」

火生仔知道老伴很想兒子和孫子回來。他們很久沒回來了，他也想。「我想，我還是去排隊好。」他看看時間：「四點四十五了，今天遲了，再不出去，恐怕排不到。」才說完，咳嗽又來了。

「這麼冷。」她心裡實在很高興。「你又咳得死去活來。」

「又，又不是今天，才咳嗽。」他咳得沒有辦法把一句話一次講完。

「你要是要去排隊買票，就得多穿幾件衣服，再把大衣穿上。」

「棉被剪一個洞套上去不是更好？」

「我是跟你說真的，你卻跟我說笑。」

「能穿多少？穿得像阿不倒仔好不好？外頭那麼暗，跌倒了叫誰來扶我起來？」

「我穿多一點跟你去？」玉葉氣喘著興奮著說。

「不知死活！你那種三保身體也敢想出去？」火生仔生氣了，咳嗽又上來。

「沒關係啦。我多穿一點。」懇求的。

玉葉帶有點撒嬌的語氣，火生仔並沒領情；一來咳嗽沒能讓他即刻回話，二來他知道老伴在屋子裡就氣喘得如拉破風箱，要是這種天氣，一到外頭，就是不出事也會有麻煩。另外春木一家人很久沒回來了，這次說希望家裡去替他們買車票。當然，這是老人家求之不得的。雖然預售票的窗口七點半才開，這裡的老年人，有哪一個不為在外鄉的年輕人回鄉省親，一大早四點半鐘左右就去排隊買票的？年老體衰，遇到這麼冷的天氣，去也不是，不去也不是。這種矛盾的情形，像是好多好多看不見的紗線，零零亂亂地纏著火生仔，讓他一時解不開而懊惱。

老伴看得出來，火生仔這次不知是哪兩條筋絆在一塊，又在生氣。他一連串的老人久年嗽，叫他咳得上氣接不上下氣，整個臉漲得通紅，身體像拉緊的弓，一咳就彈跳，合不攏的嘴巴，口水直垂牽絲。玉葉一看心一急，自己的哮喘也附身上堂，像拉破風箱的氣喘聲也急促鳴響。兩人有一段時間，誰都照顧不了誰，各自扶著牆壁和扶著桌子穩住自己，演奏起極限主義派的二重奏。兩個人好不容易才逮到一處休止符，玉葉用破風箱的聲音說：

「我看，不要去了。等天亮我打電話給他們，說沒買到票。要不要回來，隨他們。你不要去買車票了。外面冷死人。」

「苦他沒時、時間回來，你卻……。」咳嗽由不得火生仔說完，又咳了。心裡很惱怒。

「叫你不要開口說話，你偏不聽。」老伴移身過去拍他的背。他一時覺得此人嘮叨得討厭，把身體一扭，閃開老伴的手，表示不讓她拍，不稀罕她關心。為了賭氣，哪知道這麼一扭，腰閃了。整個人像觸電，中了定神法一樣，僵在那裡動彈不得。但是咳嗽不停，每咳一聲，全身就彈一次，每彈一次，閃腰的地方就疼痛得不得了。火生仔癱臥在冰冷的地上，除了腦筋由得他去生氣，身體的部分只有由他愛怎麼咳怎麼痛，根本就沒法抑制，連想叫苦叫痛都不能。整個人像一隻被撈上岸的蝦子，一弓一鬆地彈動不已。老伴試著扶他，卻連動都不動。自己使了力氣，氣喘就加劇。最後她留了一點力氣叫救命。但是，不仔細聽也不容易聽清楚。她叫：「救、救……救人……」每一個字都得呼吸一次，並且呼吸又是那麼困難。好在家裡的那一隻黑狗，虧牠知道發生了事情，牠不尋常地狂吠，這才把隔壁人家的媳婦淑英吵醒。她耳朵貼著牆聽，除了狗的吠叫之外，還模模糊糊地聽到火生伯咳不成聲的嗽，還有火生嬸的氣喘。她叫醒了家裡的男人，撬開門跑過去看個究竟。淑英他們看到火生伯倒在飯廳吐了一堆，還失禁。火生嬸抱著棉被倒在甬道，她除了氣喘，口裡還唸唸有詞不知她在說什麼。淑英拿起電話叫一一九。沒一下子的工夫，兩老都被送到醫院急救去了。

老里長旺基也準備到車站排隊。兒子跟他約好這個週休二日回來。其實他早已醒過來了。但是稍貪一點被窩裡溫暖，做了一個記不起來的夢，一驚醒過來，一看時間已經五點了。他知道晚了。他連泡一杯熱牛奶也沒泡，套上外套，踩著運動鞋的鞋跟就踏出門。老伴前不久才過往，他好像聽到她在背後叫嚷：「你這個生番，這麼冷再怎麼趕也得多穿幾件，泡一杯熱的喝一喝才出門啊……」她就是這樣，任何事你準備得再周全，她還是有得嘮叨。是幻聽或是自己想的也好，只有這樣才覺得平常。

旺基到了車站，已經有一、二十位老人，把十一、二坪大小的候車室塞了大半。預售票窗前聚五六個，隨後還有一只小板凳，靠牆角行李托運臺那裡四五個，還有十多個人分別散坐在候車室的椅子上，他們都知道誰在誰的後頭。「哇！天這麼冷，你們也起得這麼早。我看我今天排不到票了。」旺基問：「我在誰的後面？」「我的後面。」坐在寄行李臺那裡的老校長說。

「校長你也來了，你買幾張？」旺基問。

「四張。他，還有他也買四張。」

「哇！真的沒希望了。留幾張讓別人買吧。」他笑著。嘴巴這麼說，他還是接著排下去。他排好順位，低下頭把踩成拖鞋拖的運動鞋穿好。他挺起身抬頭才聽清楚，今早售票口前的老人，他們頭條的話題，談的是火生仔他們二老。

「算他們夫妻倆貴人真現。怎麼那麼巧碰到隔壁成德的媳婦肚子痛上廁所，才聽到狗叫和兩老一個呻吟叫痛，一個氣喘喊救命。」

「有沒有叫人打電話到臺北通知他們的子女？」

「怎麼會沒有？不過在宜蘭他們還有叔伯的親戚，先通知那裡。那邊的年輕人一下就到了。」坤養是另一邊的鄰居，有關火生仔他們家，他也很熟。「本來今天早晨火生仔也要來排車票的。」

「現在不用排車票，他們的孩子和孫子也都會回來了。」有人這麼帶著諷刺地說。

「弄到這種地步年輕人才肯回來，那也太悲哀了。」

「你說我們一大早四點就出來排隊買車票，要排三四個小時這樣，這不悲哀？夏天蚊子叮，像現在寒天，霜風像刀割。有時稍遲一點出來，還排不到票。這不悲哀？」

整個候車室等候為在外地的年輕人排車票的老年人，聽了這句話，都露出淡淡的苦笑。

才從某一所小學退休下來的老校長，他打破了沉默說：「都不能怪誰，怪時代。我們有一句話，『入鄉隨俗』，同樣我們踏入新的時代，也要跟著新的時代走。只有這樣，對現在年輕人的做法、想法，你才不會覺得奇怪，或是感到天地顛倒過來。」

有些老農夫還不能完全聽得懂校長的話，聽得懂的人，認為話是這麼說沒錯，但是從生活經驗裡覺得那是高調。校長的話說完之後，雖有片刻的沉默，老里長有點耐不住了：

「活在新時代就要跟新時代走。這誰不會說啊。問題是要怎麼跟？要怎麼走？」

「是啊！要怎麼跟？怎麼走？」

只要有老校長來排隊買票，那一天的候車室就像在上他的課，不聽也躲不開，聽嘛，實在無趣。其實老里長的反問，跟校長的話一樣抽象，但是它讓人覺得有了挑戰，就引起大部分人的興趣了。

「我教書教了四、五十年了，你們裡面哪一家的小孩和孫子我沒教過？」他坐在行李窗口的水泥臺上，環視著室內的人：「你說，老里長伯仔，你今天來替誰買車票？」

「我？」

「你是來替你的楊福生買車票對不對？楊福生五年級和六年級都是我教的。那時候初中還要考，他考上宜中，後來去臺大才出國留學拿博士回來的。」

老里長本來心裡有點討厭校長。但校長把兒子楊福生一路念書的好紀錄在大庭廣眾的面前說了出來，這事雖然在這小地方大家都知道，但是經他再說出來，令他感到十分有面子。他看著大家笑笑，準備跟校長抬槓的心也消失了。

外頭還很昏暗，站前的路燈也被凍得見亮而不見光地發愣。趕頭班車的人，大包小包、大籠小籠裝滿貨物雙頭挑擔的魚販和菜販，從外頭像是從水底冒出頭走上岸地走進候車室；室裡的人打量著他們，他們放下身上的貨物，也看看大家，不相識的也算是打了招呼，相識的，卻有一份意外相遇的喜悅，打破此時感覺上凍僵的空氣。

「清池仔，你這麼早！」

「叔公，您也這麼早來排車票。」

「是啊，頂新他們要回來。」被年輕人叫叔公的老人愉快地說。「擔蝦仔？」

「趕瑞芳的早市。最近連寒好幾天，蝦仔池反埤，不撈些去賣恐怕會死光。來！帶幾條斑節蝦回去吃啦。」

「不用不用，我要我會去蝦池撈。」

「現在斑節蝦一斤多少錢？」有旁人問。

「豬仔摔死才講價，不成錢了。」

從花蓮來的火車快進站了，平交道的叮叮噹噹響聲，像是不畏寒的小孩，從路口那裡跑進候車室，當天的售票口才開。幾個趕火車的擠在一起買票。看它就來不及了，火車走了，該上車的也都上了。小小的窗口又卡啦地一聲關了。

「叔公——，愛吃蝦子到家裡去撈啊。」年輕人站在車門，向候車室裡叫。

「會的會的，我會去看你母親。」老先生提高嗓子回話。同時他也覺得十分有面子：

「這個少年囝仔很乖。父親早死，家裡的事，大大小小都他在挑擔。弟弟妹妹都上大學，都靠他。他只有國中的程度哪。」

「讀大學？現在這個時代，子孫讀大學，做父母的都變成老奴才。」

「說的也是。」有人頗認同這個社會直覺的統計結論。因為在旁的人都在笑，其實也是表示同意這種看法。說話的人得意得故做辯駁狀說：「是真的啊，笑？」

「是他母親有福氣啊，小孩大了還能留在身邊。那像我們還得來這裡為他們排車票。」

「這個時代的孝子和我們那個時代的孝子不一樣了。這個年輕人是屬於我們那一代的孝子。沒了，沒地方找了。」

「是啊，到了這一代剛好反過來。什麼時候讓它顛倒過來都不知道。當知道的時候已經就反過來了。」說的人無奈地笑著，聽的人也一樣地笑著。但是不管冒著這一天的嚴寒，或是雨天來車站排隊買預售票的老年人，沒有一個是不情不願的，並且還抱著深深的期盼。

「我們還活在這個時代，這個時代是年輕人的時代，也是我們的時代。」老校長又要說教了：「觀念。觀念最要緊！」

「校長，你今天是為你家的誰當孝子？」

在場的人都笑起來了。老校長有點不悅，但是又不能不答：「我那個第五的，在美國得到超博士的那一位，現在在新竹科學園區做工程師。那沒什麼。我說時代不同我們都得認。你不認，你一大堆批評，時代敢會為你的批評改變？改變一點點？」

「不用講了，校長。今天因為你的子女有才情，在美國得到，」老里長一時說不上，「你講得到什麼博士？」

「超博士。」

「噢！超過的超嗎？」他看到校長點頭，「是超過博士的那一種超人喔。這不簡單，……」

老里長話說到這裡，一時想不起來話要怎麼接回去，他隨便說，「那你就是超博士的孝子，不錯嘛！嘿嘿嘿。」還有他背後的笑聲，像是為他助陣，叫他顯得很得意。

老校長收斂了一下說教的語氣，但是那只是他想，並且話想接下去，一時也想不出老里長的話意。不過，最近他覺得大官在電視新聞裡，常說到雙贏、零和、還有世界觀這類的時髦詞彙，他只要有發表言論的時候，也常套用。就在這時刻，他沒源沒頭地接。他說：

「人的眼光要放遠，要有世界觀。只有這樣，你才能看清楚發生在你身邊的，或是發生在你身上的大大小小的事情，」想了想，「對了。才不會大驚小怪、叫什麼時代變了、天地顛倒反了。」不管辭是否達意，這樣的話語，讓他覺得冠冕堂皇，四平八穩。也因為如此，就算聽不懂的人，也只好敬畏他。

但是老里長骨子裡就不認為校長有多了不起，不頂他幾句，還讓他在這裡，以為他是什麼人物。「是、是，你識字，你認識世界，你有世界觀。我們是種田的，只認識宜蘭，只有宜蘭觀，你的地圖是大張貼在牆壁上的，我們的地圖是一張仔子的……」雖然背後有些笑聲，但他清楚地聽見：「旺基？」衣角被重重拉了一下。老里長話打住，轉過頭看看拉他衣角的人。那個方向離他最近的人是育林，離他還有兩三步遠。育林兄是最沒話的人，不可能拉他。旺基瞬間表情有變。旁人也很清楚地看到。其實，就在這時候，心臟的老毛病又來了，它不規律又強力地跳了幾下，胸口接著有些氣悶。死愛面子的他，因剛剛才跟老校長抬槓，再怎麼樣，氣勢是不能示弱的。

「怎麼了，旺基嫂罵你對不對？」有人問。候車室的人都笑了。因為他曾經在這種場合，提過他老伴常常在他身邊對他說話的事。

「剛剛有沒有人拉我的衣服？」

「沒有。」校長說：「誰拉你的衣服？」在場的大家互相看了一下。「誰啊？」

「有沒有聽見有人叫我？」老里長認真地問著。

「只有你和老校長在說話。哪有人叫你。」

原來很輕鬆的場面，被老里長一副認真的表情，搞得有點點緊張。好在又有人說：

「沒別人，旺基嫂叫你的。」

「我剛才出門，她也叫我多穿衣服，說外面冷，喝一杯熱牛奶再出去。」經他這麼一說，大致上算輕鬆的候車室，一時變得陰陽參半，現在外頭冷，骨子裡也似乎冷了起來。有幾個八字比較輕的人抖索了幾下。往花蓮的早車時刻也快到了。南下的旅客從昏暗中，冒出在候車室的門口。因時機氣氛的關係，他們那在瞬間冒出來的模樣，真有一點陰氣。

「不了，不了。我知道我今天排不到票。我回去了。」老里長說著就往外和走進來的旅客擦身出去。

「老里長伯仔想老牽手啦。」老校長帶著玩笑說：「要回到家裡躲到棉被裡哭是嗎？」這一下候車室裡面的人都笑起來了。老里長隨著笑聲消失在昏暗中。

「幾點了旺基仔嫂敢不回去？」

福壽仔看著才走進來的旅客說：

「他們是搭五點十分的車到花蓮港的。」

「就是說嘛，是天比較暗，五點十分公雞早就啼過了，有的話，旺基仔嫂早就回去了。」

「旺基仔想某了，想過頭，常常說他聽到老牽手跟他講東講西。」

「良心講，我們這裡面的查甫人，旺基仔老里長最疼惜某。」原來不講話的蒼海也說話了。

當日的售票口卡啦一聲開了。往南的人準備買票。這時入口處有一人慌張地上來。

「火車走了嗎？」女的問。

「還沒。才開始賣票。」

「還不快一點！」女的很有精神地往外叫。馬上緊接著排隊。

隨後她的老先生拾級上來，看他呼出來的水氣頻頻，好像是半跑過來的。

「進財仔，你們兩個透早要去哪裡？」

進財還沒看清楚誰跟他打招呼。排好隊的進財嫂就開口了。

「阿圳仔你這麼早就來排隊。我們要去花蓮看囝仔子，他在花蓮做兵啦。進財這個沒效的，遊覽車不敢坐，只敢坐火車。」她看著她先生：「你沒看見，東西都是我提的，他空手走路還走得前氣接不著後氣。」她很大聲地說著。

「進財仔，最近身體怎麼？」阿圳仔問。

「腰節骨都伸不直了。」他痛苦地說著。

「少年呷壞的，……」她的話被售票員打斷。

「輪到你了。」

「呃！花蓮兩張。」

「呷死比死沒呷好，呷壞了也不壞！」旁邊有人打趣說。

火車進站了。進財仔明明走動了，進財仔嫂還在後頭催。「緊啦！」

候車室的人目送著他們的背影，阿圳仔說：「娶到這款查某人做某，像中了愛國獎券的頭獎，沒地方找了。」

「你這麼說？你知道嗎？進財仔家的事，大大小小都是這個玉蘭做的，莫怪她查甫人性。」蒼海嬸為玉蘭抱不平。

「真的，進財仔少年時，花天酒地很會花。嫁給他日子不好過。」進財仔的鄰居說。

「他的么兒真糟糕，在部隊吃不了苦。三兩天就打電話像發催命符，兩老接到電話再怎麼不便，拚生命用爬也要爬過去。聽說為這孩子花不少錢了。」

「寵壞了。這和進財少年時一樣。」

火車走了。載走進財留下進財他們的話題，也當著這些老人們填時間的東西。

「說一樣米飼百種人，一點也沒錯。老校長家的超博士也是孩子，進財仔家的阿兵哥也是孩子，剛才擔蝦仔趕早市的年輕人也是人家的孩子。唉！」金池說完了嘆了一口氣。他最近和老伴才從美國回來，原來計畫在加州老三那裡住一個月，然後再到德州老四那裡住一個月的。沒想到兩個禮拜不到他們就回來了。回到臺灣又不敢一下子就回到宜蘭老家，預定在臺北的孩子家，最起碼也得住上一個月。因為出國前，接受鄉親餞行，還說這一趟至少也要待上兩個月。哪知道，連臺北兒子家也沒法讓二老住滿一個禮拜。硬著頭皮回到鄉下，見了朋友和鄰居，只說是老伴水土不服。其實，到了那裡和他們想像的全不一樣。簡單地說他們是痛心哭著回來的。

候車室的老人沒公共話題的時候，隨著他們散落的位子，自成堆簇，各小簇人堆，聊他們的話。街上的商家談景氣，農家埋怨溫泉空心菜，在公路上設攤的密度，就像鬼節普渡，挨家挨戶設案供拜。溫泉行業怪現在警察不通人情，搞得客人不敢來找小姐洗澡。靠海那一邊的人，談養殖場反埤的災難，一兩星期來，魚蝦死了大半。說什麼漂上來的魚肚，也成了一片天。政府派來了專家學者，兩次不同的人有不同的看法。這種科技的問題，還說是見仁見智。總而言之，人多話多，等著買車票的三個半小時的時間，夠他們用各種話題去填滿。

到了七點，北上南下通學的學生，還有上班的公務員，進進出出地使候車室溫暖了不少。買預售票的老人們，也開始咬住認好的前頭整隊。原來散開在各個角落的，都回來排成一列。

那一只先來佔位子的小板凳，被人踢來踢去，踢到後頭椅子底下去了。加了大衣顯得更加肥胖的七仙女大飯店的老闆，一進候車室就找小凳子。「我的椅頭仔呢？」他連叫了好幾聲，沒人理他。「我透早就叫店裡的阿財來佔位子，他告訴我說排在第四個位子。」他找不到椅頭仔，走到排在第三和第五位的文進和丁財之間，臉漲得通紅說：「我的位子就在你們兩人中間。」

「我不知道。」丁財說。

「我也不知道。」文進說。

「什麼不知道？我們透早就放了一只椅頭仔在這裡佔了位子的。」

「椅頭仔在哪裡？」後頭的人問他。

「真沒意思，椅頭仔放在這裡怎麼會沒了？那就奇了！」他勉強稍低下頭找板凳。最後好不容易才在候車室靠牆的椅子下，看到了他四腳朝天的板凳，貼在牆角裡面。他想探身去揀，卻一點辦法也沒有。嘴巴嘀咕嘀咕說些不愉快的話。排隊買票的老年人也嘀咕著交換眼色，表示此人不可理喻。有一位女學生替他把板凳拿出，他接了板凳來到文進和丁財之間，重重地把板凳往地上一摔，站在那兒讓漲紅的臉變紫。

「稍差不多一點。」丁財說：「我肯你還得看看後面的人肯不肯？」

「不管！」

「喂，七仙女，你睡得暖暖的，然後找個椅頭仔一放就算排了隊。哪有這樣的事。」老校長開了口。其他人也紛紛表示不滿。

「我、我們阿財，透、透早就來排了。」七仙女氣得舌頭打結。

後頭的人故意擠丁財。丁財和文進貼得緊緊地，肥胖的七仙女根本無法插隊。這時老人家像小孩，擠得好笑，貼緊也好笑。七仙女的嘴唇發黑了。沒一下子的工夫，腿一軟，整個人就癱倒在地上，口吐白沫，渾身痙攣顫動。

有人馬上向前要扶他。有人喊不能扶，要他躺著等救護車。候車室一時像螞蟻窩被打動，有往外跑的，有往裡鑽的。等救護車來時，七仙女已經不再顫動了。

第八天後是農曆的好日子，鄉裡有三處路段的路中間，臨時豎起牌子，上面寫著「告別式，車輛請改道」。那一天的清晨近五點的時候，火車站售票口前的老年人，都在談火生仔、老里長和七仙女的事。說他們的子女都回來了。

原載一九九九年六月十一、十二日《聯合報・聯合副刊》

附錄　空氣中的哀愁

蔡詩萍◎專　訪
王妙如◎記錄整理

蔡詩萍：談到黃春明，很難不從您的小說談起，您在隔了很長一段時間之後，近來又有新作出現，現在和當年在寫小說的心情上應該有很大的差別，您認為最大的改變是什麼？

◆社會意識成形

黃春明：現在的寫作較具中心，比較有社會意識，以前雖然也有，但較不清楚，多屬於個人的感動。像我最近的創作就有一系列關於老人的作品。臺灣社會變遷很快，與我父執輩同一代的老者，往往被留在臺灣某一處的山區或鄉村，終日期盼子女能抽空回來探望，無奈晚輩們總有千萬個無法返家的理由。於是有的老死無人知，直至屍體發臭；甚而有的屍首還被狗給吃了……。想想，這些老者，當他們年輕時，上有高堂，不必去學校接受知識的洗禮，就自然知道對父母行孝；下有子女，再貧困的年代，也咬緊牙關把子女養大。這種現象當然有部分歸咎於個人忘恩負義的不孝行為，但整體觀察起來，這和現在社會結構的轉變有很大的關聯。這就有如日本《楢山節考》影片中，唯有把老人送往山上去自生自滅，才能減少消耗，維持村中的平衡及生計，當然其中也有人不忍這種作為，但卻也莫可奈何，因儼然已成了一種文化。如此看來，我們何嘗不也是《楢山節考》，我們雖非把老人遺棄山中，但卻是直接留在家鄉，改由年輕人出走，老人一樣自生自滅，成了被犧牲的一代。因此，在面臨了這樣的遭遇，老人自己就要有生涯規劃，社會國家更應有完善的老人福利政策。

蔡詩萍：相較於過去的作品，近來，您作品明顯的呈現了較多的社會意識。您的看法如何？

黃春明：其實早在創作《莎喲娜啦．再見》時，就有強烈的社會意識出現，但隨著年紀漸長，思想慢慢成熟，寫作技術上就有更多的突破。

◆年輕的創作活動

蔡詩萍：回過頭去看您在七〇年代的小說創作，您認為有什麼缺點，在今日重新創作是否能有更多的超越？

黃春明：過去和現在的作品固然有所不同，但不一定是超越，年輕時的創作彷彿泉湧，一氣呵成的感覺很好，那正是生命力的表現。不過，當時的創作中個人的感性較多，不似年紀大了，懂得將情感收斂壓制，且不煽情，多留給讀者一些想像的空間。

蔡詩萍：很多人提到您早期小說中男性角色的份量極重，如〈青番公的故事〉、〈莎喲娜啦，再見〉主角大多是男性，只有在〈看海的日子〉中才出現了白梅這個女性的角色，請談談其中的原因。

黃春明：因為當時就是以男性為主的社會，白梅雖是女性，但仍是生存於男性社會中，尤其在受到了百般壓迫後，益加顯現她的聖潔。女性主義者或許會抨擊，認為不應將白梅受苦的經驗當作美感來談。但我認為對過去古人的批判不能太強烈，務必了解當時的思想及社會才能加以批判，如以今日的民主去批評以前的封建，那是不公平的。其實〈看海的日子〉裡談的，不只是女性，而是人性，正因為白梅是個女性，在那樣惡劣的壓抑扭曲下，更顯見她的犧牲。

蔡詩萍：當時最大的爭議是，為什麼會選擇白梅這樣一個妓女的角色來突顯這樣的特質呢？

◆與土地的結合

黃春明：如果角色安排是一般人，所受的壓力就沒那麼大，以前我在保安街一帶，看過不少面貌清秀的女孩受環境所迫而當了妓女，我常想，如果她們是我們的親人或鄰家女孩，一定備受呵護。據我所知，她們絕非一般外界所誤解自願墮落，因此，這樣的人物更顯偉大。

蔡詩萍：在您的作品中，不論男性或女性都有一個共通的環境，即是到最後都和土地有很深的結合，如白梅到了最後仍回到了漁村，散發出女性強韌的特質；男性為主的題材更比比皆是。進一步落實到現實生活來看，您和宜蘭、羅東這塊土地的感情也是非常深刻，從寫小說的題材，到現在我們所看到您從事的許多工作，如兒童文學、地方戲曲的研究、族群的探討、社區營造，都是和土地息息相關的，因此，土地應是醞釀您成為一個特殊的小說家的重要關鍵。

黃春明：我在一首龜山島的詩中反映出這種心聲，以前我們到外地是不得已的，坐著火車，龜山島就在我們的右手邊，心裡是很難過的，因此，我說「龜山島那是空氣中的哀愁」；而返家的人，當看見龜山島映入眼簾，就算離家尚遠，也彷彿覺得已經到家了。因此，我覺得人對土地的情感，以及人格形成的時機，應在童年時候著床。如果缺了對土地的愛，就像容格人格心理學中所說的沒有對土地的認同，人格的成長會受到扭曲。

蔡詩萍：您認為宜蘭這塊您所成長的土地有什麼樣的特質？讓您在和它的互動中，產生很強烈的感觸。

黃春明：我想倒不是什麼樣的特質，由於我在宜蘭長大，若它沒有什麼特質的話，我一樣有這樣的感情。我曾思考過，宜蘭的鐵路在民國十一年才開通的，算臺灣交通史上最晚的一條鐵路，於是就有套用民謠成了〈丟丟銅〉來表示愉快之情這樣的歌曲，因為一向叫做「別有天」的蘭陽和外地有了流通。其實，以前從宜蘭到外地去的人是不得已的，例如挑夫就到萬華、大稻埕一帶將東西挑到新店或他處，一天下來，數趟的往返是在所難免的。從這點來看，在此之前，宜蘭的確是別有天地，和外界少有交通，因此，我們講話就保有特殊的腔調，風俗習慣也極有自己的特色，正由於這樣的背景，很容易讓土生土長的宜蘭人一講起家鄉就如數家珍。一個人對土地家鄉的愛有多少，沒有磅秤可秤，但當他一談起家鄉滔滔不絕幾個小時聊不完，您就知道他有多愛家鄉了。人在青春期難免迷失變壞，但如果懂得真正去愛自己家鄉，再怎麼壞，終究會被土地喚回的，因為土地就像母親一樣。

◆族群的深情

蔡詩萍：您談到土地就是母親，這個訊息在〈莎喲娜啦．再見〉中傳達得更清楚，進一步將對宜蘭的愛擴大成民族的尊嚴，特別的是，其後您還自編自導。在事隔多年之後，您自己如何來檢視這部分的感情？

黃春明：容格的心理學提到，人有三種認同是不必經由學習即可產生的，一是對於出生地的認同，人對土地的愛在童年時期就已著床；二是對族群的認同；再擴大就是對民族的認同；最後才有對國家民族的認同，這些都是不必學習的。所以當時無論從歷史課本中或現實生活的經驗裡，對日本民族在心態上都產生了批判。

蔡詩萍：您對於宜蘭的族群問題花了不少時間心力關照，像您這樣一位深具歷史感的作家而言，對您所生長的這塊土地上所產生的變化，您有什麼樣的看法？

黃春明：族群的融合固然是件好事，但事實上並非如此，反倒是弱勢團體處處委曲求全，以目前的社會結構分析，仍是以閩南人、客家人最有利，教育、經濟、醫療各方面都享有較好的條件。而最艱苦的工作多是少數民族、原住民在做，這就是所謂結構的暴力，真正的融合就必須打消這樣的暴力。像我在〈戰士，乾杯！〉文章中就寫到好茶村中，一個名叫「熊」的山地青年杜先生，屋中牆上的鏡框中鑲了三張人像，第一張使我受到驚嚇，竟是一個日本兵，我問那是誰？熊說是「我媽媽的丈夫」（前夫）；而日本兵旁邊的一張，熊說那個「共匪」才是他「老爸」；他引我看第三張，是一位穿迷彩裝的國軍，他說那是他大哥，一次出任務時為國犧牲了……，我無法再聽下去，像這樣悲慘的事，竟全發生在他們家族，更何況，他們四代男人，除了當自己部族的勇士抵禦外敵，竟全當了別人的戰士，去跟一個根本和他們無冤無仇的人敵對奮戰，這種荒謬的情形，在今日世上，恐怕更難找了！

◆文學爲件走過成長路

蔡詩萍：您曾有一段充滿叛逆的青春期，如今回首來看，文學在您的成長及性格陶冶上給了什麼樣的幫助？

黃春明：我認為文學及土地的呼喚對我的成長有極深的影響，由於我的母親早逝，加上成長背景中諸多不順遂，我常自憐自棄，覺得自己是世上最不幸的人；直到我讀到沈從文、契訶夫的作品，從那麼遙遠的地方撼動了我的心，尤其是契訶夫的作品，其創作年代，連我爺爺都還沒出世！但他所寫的人物竟讓我讀到哭了出來，後來我就沒有再為自己哭過，我已突破了自憐的繭。而自小，我在團體、人群裡始終找不到一個位置，直到後來我向聯合副刊投了〈城仔落車〉的稿子，受到素未謀面的主編林海音肯定，彷彿也給了我的人生一個定位。其後，我在中廣負責廣播節目，當時的播音員多半從報章雜誌剪下一些文章，在狹小的播音室，透過麥克風傳送給聽眾，而我卻頗不以為然，在我的認知裡，只要聲音能透過我的麥克風播放出來，就是播音員，而麥克風能播什麼樣好的內容讓人聽，那個地方就是播音室，如此說來，地球原本就是一個播音室。這些都是文學所給我的影響。

聯合文叢◎黃春明作品集④ 443

放生

作　　者／黃春明
發 行 人／張寶琴
總 編 輯／周昭翡
主　　編／蕭仁豪
資深編輯／尹蓓芳
資深美編／戴榮芝
封面題字／董陽孜
封面撕畫／黃春明
篇章頁視覺／黃國珍
特約美編／林佳瑩　曾綺惠
專案編輯／陳維信　張晶惠　蔡佩錦　李香儀
協力編輯／李幸娟　梁峻瑾
業務部總經理／李文吉
行銷企劃／蔡昀庭
發行專員／簡聖峰
財 務 部／趙玉瑩　韋秀英
人事行政組／李懷瑩
版權管理／蕭仁豪
法律顧問／理律法律事務所
陳長文律師、蔣大中律師
出 版 者／聯合文學出版社股份有限公司
地　　址／(110)臺北市基隆路一段178號10樓
電　　話／(02)27666759轉5107
傳　　真／(02)27567914
郵撥帳號／17623526 聯合文學出版社股份有限公司
登 記 證／行政院新聞局局版臺業字第6109號
網　　址／http://unitas.udngroup.com.tw
E-mail:unitas@udngroup.com.tw
印 刷 廠／鴻霖印刷傳媒股份有限公司
總 經 銷／聯合發行股份有限公司
地　　址／(231)新北市新店區寶橋路235巷6弄6號2樓
電　　話／(02)29178022

出版日期／1999年10月　初版（共三十四刷）
2009年5月　二版
2021年3月3日　二版八刷第一次
定　　價／300元

ISBN 978-957-522-830-9（精裝）

國家圖書館出版品預行編目資料

放生／黃春明著. --
第二版. -- 臺北市 ：聯合文學. 2009.05
264面：14.8×21公分. --
（聯合文叢 443；黃春明作品集 4）

ISBN 978-957-522-830-9（精裝）

857.63　　　　98004932

黃春明作品集 04